E FOI ASSIM QUE TUDO MUDOU

THAIS BERGMANN

astral cultural

Copyright ©2023 Thais Bergmann
Todos os direitos reservados à Astral Cultural e protegidos pela Lei 9.610, de 19.2.1998. É proibida a reprodução total ou parcial sem a expressa anuência da editora.

Editora Natália Ortega
Editora de arte Tâmizi Ribeiro
Produção editorial Ana Laura Padovan, Brendha Rodrigues, Esther Ferreira e Felix Arantes
Preparação de texto Luciana Figueiredo
Revisão de texto César Carvalho, Carlos César da Silva e Fernanda Costa
Design da capa Marcus Pallas
Ilustração da capa Julia Back
Foto da autora Arquivo pessoal

Dados Internacionais de Catalogação na Publicação (CIP)
Angélica Ilacqua CRB-8/7057

B436e
    Bergmann, Thais
       E foi assim que tudo mudou / Thais Bergmann. — Bauru, SP : Astral Cultural, 2023.
       240 p.

    ISBN 978-65-5566-380-8

    1. Ficção infantojuvenil brasileira I. Título

23-3775   CDD 028.5

Índice para catálogo sistemático:
1. Ficção infantojuvenil brasileira

BAURU
Rua Joaquim Anacleto Bueno 1-20
Jardim Contorno
CEP: 17047-281
Telefone: (14) 3879-3877

SÃO PAULO
Rua Major Quedinho, 111
Cj. 1910, 19º andar
Centro Histórico
CEP 01050-904
Telefone: (11) 3048-2900

E-mail: contato@astralcultural.com.br

Para os meus pais.
Meu agradecimento e meu amor
por vocês jamais caberiam
em uma única página!

CAPÍTULO UM

Recomeços não são fáceis para ninguém, mas recomeçar com medo de descobrirem o seu passado torna tudo ainda mais difícil.

Já faz dois meses que me mudei para Criciúma e, mesmo com todos os esforços dos meus pais para começar uma vida nova do zero, não consigo fingir que nada aconteceu. Apesar de estar em uma escola nova e ter a chance de fazer amigos que não sabem nada sobre o incidente, acho que ainda não conheci mais de duas pessoas de verdade. E quando aconteceu foi por causa de trabalhos em dupla que eu, obviamente, tive que fazer com os alunos que sobraram. Mesmo assim, é mil vezes melhor ser a garota nova que todos ignoram do que passar a manhã inteira ouvindo sussurros sobre você.

— Promete que vai se esforçar? — minha mãe pergunta quando estaciona o carro em frente à escola.

Eu já estou me esforçando, quero dizer, *tudo que faço desde que aquela foto vazou é me esforçar*. Mas sei o quanto ela está preocupada, então me obrigo a abrir um sorriso e assentir.

— Tenho certeza de que vai ser bom pra gente, Catarina... — Ela dá um aperto de leve na minha coxa. — Era só isso que faltava para as coisas... voltarem ao normal.

Mas ela percebe que notei a hesitação. E nós duas sabemos que não existe mais um "normal".

— Te ligo quando acabar? — pergunto, já com um pé fora do carro.

— Não precisa, o professor disse que vai até às cinco, então cinco em ponto vou estar aqui na frente. — Ela abre um sorriso no final, como se não tivesse acabado de dizer que não confia em mim nem para me deixar ficar até mais tarde no colégio.

Fecho a porta e aceno, apesar de suas palavras terem formado um bolo na minha garganta. Eu sei que ela não fala essas coisas com maldade, mas ainda é difícil me lembrar de como éramos próximas há apenas alguns meses e ver como ela tem dificuldades para acreditar em mim agora.

Não é à toa que, além de mudar de cidade, meus pais me colocaram em um colégio dirigido por *freiras* para garantir que não vou sair da linha. E eles nem são católicos! Tenho certeza de que o único motivo para eu não estar em um colégio só para meninas é que eles não conseguiram encontrar algum.

Aperto contra o corpo minha mochila que tem a marca do colégio e uma imagem de Santa Cecília, a padroeira da escola, ao lado e tento me concentrar no aqui e no agora.

Apesar de reconhecer alguns dos meus colegas sentados no pátio ou na cantina, passo por eles de cabeça baixa e vou direto para os fundos do colégio, onde fica o auditório.

Imaginei que seria a primeira a chegar porque ainda faltam quinze minutos para o início da aula, mas, assim que empurro as portas pesadas, sou abraçada por uma cacofonia de vozes que me deixa tonta. Não sei se é a acústica do lugar ou se eles são mesmo muito barulhentos, mas parece que tem umas trinta pessoas aqui dentro, embora eu não consiga ver mais de dez.

Por um momento, fico completamente imóvel, meu corpo gela enquanto observo meus colegas rindo e se divertindo. Faz tanto tempo que não me vejo diante de um grupo *assim*, sem ser o motivo das risadas, que sinto um misto de inveja e vontade de chorar.

Quero sair correndo, voltar para casa e implorar para ter aulas particulares até a formatura. Mas sei que minha mãe tem razão: preciso enfrentar esse medo antes que acabe com uma fobia social — pelo menos, foi isso que ela viu em um dos milhares de canais no YouTube sobre maternidade na adolescência que passou a acompanhar. Foi por causa de um desses canais, inclusive, que ela decidiu que eu *precisava* voltar para a oficina de teatro.

Ela mandou um e-mail para um desses quadros de "peça ajuda que, apesar de eu ser uma pessoa completamente desqualificada, vou te dizer várias baboseiras que parecem sensatas" e a resposta da dona do canal foi: obrigue sua filha que teve uma foto íntima vazada a voltar a ter uma vida igual à de antes, só assim as coisas voltarão ao normal.

Então aqui estou: sendo obrigada a fazer aulas de teatro em um colégio extremamente rígido depois de ela me deixar na porta, para ter certeza de que vou entrar.

Sim, completamente normal, obrigada.

Respiro fundo e observo o auditório enorme. Cada centímetro ao meu redor tem tons de bordô: o carpete, as cortinas, os detalhes nas paredes e as cadeiras. Exatamente como todo o resto do colégio (inclusive meu uniforme horroroso). Seria claustrofóbico se não fosse ridículo. Tiro uma foto discreta com meu celular, segurando a vontade de rir ao pensar no que

Gisele — a única amiga de Florianópolis com quem ainda converso — vai dizer mais tarde.

Ao contrário do que eu esperava, os outros alunos não param de falar assim que me aproximo. Estou tão acostumada a esse tipo de reação que esqueço que aqui ninguém sabe quem eu sou. Alguns lançam um olhar em minha direção, outros abrem um sorriso discreto e logo voltam a conversar. Mas nenhum, *nenhum deles*, parece minimamente interessado na garota nova.

O paraíso para mim.

Sento em uma das cadeiras da primeira fileira e tiro o celular do bolso, torcendo para continuar passando despercebida até o fim da aula. Infelizmente, meu sonho acaba em menos de cinco minutos, quando o professor chega, batendo palmas para chamar atenção. Assim que todos ficam em silêncio, ele me nota e abre um sorriso.

— Catarina, né? — Sua voz reverbera por todo o auditório. Se antes ninguém tinha me notado, agora é como se ele tivesse direcionado um holofote para a minha cara. — Sua mãe conversou comigo semana passada. Você veio de Floripa, certo?

— Isso. — Minha voz sai tão baixa que sou obrigada a pigarrear e falar de novo: — Isso, a gente se mudou no início do ano.

— Bom, seja muito bem-vinda ao Santa Cecília. Você já fez aulas de teatro?

Meu Deus do céu, ele precisa mesmo continuar com toda sua atenção focada em mim? A gente não pode ter essa conversa em particular mais tarde?

— Sim, eu frequentava a Encena. — Sinto meu rosto arder enquanto todos me encaram.

Quando eu tinha oito anos, minha professora do ensino fundamental pediu que todos os alunos lessem um livro infantil e depois falassem sobre o que era a história na frente da sala. Quando chegou o dia da apresentação, fiz um escândalo tão grande e chorei tanto antes de sair de casa que minha mãe se sentiu na obrigação de conversar com a professora e pedir para que eu fizesse a apresentação sozinha depois da aula.

Naquela época, minha mãe ainda não tinha os canais no YouTube para ajudá-la, então aceitou a sugestão da professora quando ela disse que eu devia fazer teatro para perder a timidez. Foi assim que comecei, aos oito anos, as aulas na Companhia Encena. O início foi meio traumatizante, mas me apaixonei tanto pelo teatro que foi questão de tempo até eu estar chorando por ter de ir embora e não por ter de ir para as aulas.

Só que, depois que minha foto vazou no ano passado, até meus amigos da companhia ficaram sabendo. A repercussão lá não foi tão grande quanto no colégio, pois não era um lugar tão tóxico quanto a escola. Mas, mesmo que a maior parte deles tenha me apoiado, perdi toda a vontade de sair do quarto, quanto mais de atuar. Então, quando minha mãe visitou o novo colégio e descobriu que eles ofereciam, de graça, algumas atividades extracurriculares, como coral e teatro, ela colocou na cabeça que, se eu voltasse a atuar, voltaria a ser a antiga Catarina.

Faz algumas semanas que ela tem tentado me convencer a todo custo a começar as aulas, mas já foram tantas mudanças e adaptações que eu não tenho a menor vontade de acrescentar mais uma à lista. Não que explicar isso tenha feito alguma diferença, já que, semana passada, ela decidiu que estava cansada de esperar pela minha boa vontade.

— Você era aluna da Sabrina, né? — o professor pergunta com um sorriso iluminando seu rosto. — Então já vai estar craque, mas hoje vamos começar com uns exercícios básicos de qualquer forma.

E assim, finalmente, saio do foco e todos se voltam para o professor.

Subo no palco pelas escadas laterais e paro mais atrás, na esperança de voltar a ser invisível, mas a menina na minha frente logo se vira para mim.

— Oi, Catarina — ela sussurra, os lábios cheios se partindo em um sorriso tão doce quanto sua voz —, eu sou a Larissa, e esta é a Joana. — Ela aponta para uma menina loira ao seu lado que, ao ouvir seu nome, se vira para mim também.

Apesar de nunca ter falado com nenhuma delas, reconheço Larissa da minha sala. Ela é um pouco mais alta do que eu, tem a pele negra e os cabelos cacheados mais brilhosos que já vi. Ela é uma das meninas que sempre chegam cedo e pegam lugar na primeira ou na segunda fileira. Joana, no entanto, deve ser de alguma outra turma, porque não me lembro de tê-la visto antes.

— Pode me chamar de Nina — me forço a dizer, apesar de as palavras parecerem areia na minha boca.

— Muito prazer, Nina — Joana diz.

— Você vai adorar as aulas de teatro. — Larissa continua, em um tom animado. — O resto do colégio é o próprio inferno — ela olha de esguelha na direção de Joana, que torce a boca em uma careta —, mas o pessoal do teatro é simplesmente perfeito.

Antes que eu possa responder, o professor chama nossa atenção e começa o primeiro exercício. Por mais que eu não tenha vindo para as aulas de teatro para fazer amizades, aquelas palavras trazem um calor muito bem-vindo ao meu peito.

Como prometido, minha mãe está em frente ao colégio às cinco em ponto. Quando vê que estou me despedindo de Joana e Larissa, ela abaixa o vidro, acena para as duas e me encara com um sorriso que denuncia sua animação.

— Já fez novas amizades, então?

— As duas são legais. — Dou de ombros.

Não quero entrar em muitos detalhes porque sei que ela vai se empolgar. E, depois de tudo que aconteceu, estou bem ciente de como essas coisas funcionam no ensino médio. Não tenho a menor dúvida de que vou chegar amanhã no colégio e nenhuma das duas vai falar comigo — pelo menos até quinta-feira, quando temos a próxima aula de teatro.

Ainda bem que a aula foi bem melhor do que eu esperava. Elas me explicaram que o professor Maurício é, na verdade, professor de educação física do ensino fundamental e que, de alguma forma, acabou virando professor de teatro há uns anos e nunca mais perdeu o posto — mas elas juram que ele adora.

E ele parece gostar muito mesmo. Passou a aula toda animado, discorrendo sobre os planos para a peça desse ano. Aparentemente, o grupo de teatro sempre apresenta uma ou duas peças baseadas em livros que vão cair no vestibular. Ele acha que conseguiremos apresentar duas esse ano, só não sabe se deve começar por *Dom Casmurro* ou *O cortiço*. Apesar de grande parte da aula ter sido ocupada por discussões sobre a preferência dos alunos e planos de como colocar tudo em prática, também fizemos vários exercícios que me lembraram do quanto sentia falta das aulas de teatro.

Larissa se ofereceu para me acompanhar no sinos em duplas, uma das atividades mais básicas de teatro, em que a gente precisa andar ou correr conforme o professor manda, uma forma simples de fazer o grupo entrar em sintonia. Fazer dupla com Larissa me garantiu várias fofocas sobre pessoas de que nunca ouvi falar e cujos nomes já nem me lembro mais. Mas devo ter fingido interesse direitinho, porque ela não parou de contá-las nem por um instante.

Meu pai ainda está no trabalho quando chegamos em casa, então subo direto para o meu quarto enquanto minha mãe vai para o escritório.

Eles passaram mais de três meses planejando a mudança porque não queriam interromper meu ano letivo — por mais que eu tenha implorado por isso diversas vezes —, mas minha mãe ainda não conseguiu encontrar um emprego como contadora em Criciúma. Pelo menos meu pai conseguiu uma transferência no banco em que trabalha com bastante facilidade.

Mas isso faz com que minha mãe passe metade do dia com medo de que a gente tenha problemas financeiros e a outra metade preocupada com meu humor e ânimo. E é por isso que preciso que ela arranje um emprego de uma vez: para que tenha menos tempo livre para assistir a tantos vídeos no YouTube e ficar no meu pé.

— Catarina, posso entrar? — Ela bate à minha porta algumas horas depois, quando já está escuro.

Como um dos privilégios que perdi foi o de manter a porta trancada, ela já está com a cabeça para dentro antes que eu possa responder.

— Só queria saber como você está... — Minha mãe se aproxima a passos lentos e se senta na beirada da cama. — Como foi a aula de teatro?

— Foi ótima, na verdade. — Decido ser mais enfática do que o necessário para tentar animá-la um pouco mais.

— Eu sei que falei que você era obrigada a voltar pro teatro — ela diz em um tom suave, como se tivesse medo de iniciar uma briga —, mas é só porque me preocupo com você. Não aguento mais te ver sempre pra baixo, quero a minha Catarina feliz e animada de volta...

— Eu sei, mãe... — Sinto um aperto na garganta e sei que estou prestes a chorar. A nova Catarina talvez não seja feliz e animada, na verdade, ela chora por qualquer coisinha. — Mas eu gostei mesmo, juro que, se quiser parar, eu te aviso.

— Tá bom, filha. — Ela abre um sorriso um pouco mais tranquilo. — Só quero que você seja feliz, você sabe disso, né?

É claro que sei. Foi isso que eles me falaram quando explicaram por que eu não podia mais sair quando quisesse. Ou quando decidiram mudar de cidade. E quando me colocaram em um colégio religioso.

Mas, por algum motivo, dessa vez as palavras dela parecem reais.

CAPÍTULO DOIS

Quando chego à escola no dia seguinte, ainda faltam cerca de vinte minutos para a aula começar. Apesar de não admitir, tenho certeza de que minha mãe também tem medo das irmãs. Por qual outro motivo ela me faz correr todos os dias para garantir que eu chegue com tanta antecedência?

Nesse horário, a sala ainda está quase vazia. Larissa está digitando no celular em sua mesa de costume, na primeira fileira, e outras duas meninas conversam em um canto.

Entro de cabeça baixa, como sempre, pronta para pegar meu lugar na parede, mas, ao contrário do que eu esperava, Larissa não me ignora.

— Nina, senta aqui! — Ela aponta para a mesa atrás de si quando me vê entrando na sala.

Larissa termina o que está fazendo no celular enquanto me ajeito e então se vira para trás com um sorriso de orelha a orelha. Como alguém pode estar tão feliz a essa hora da manhã, ainda mais sabendo que está prestes a ter aula de matemática?

Ela é aquele tipo de pessoa que tem uma aura que te puxa para mais perto sem nenhum esforço. Seu rosto redondo e doce é adornado com um modelo de óculos preto simples e cabelos negros cacheados na altura dos ombros. De alguma forma, o conjunto combina perfeitamente com sua personalidade magnética e a risada gostosa que faz você querer rir junto.

Depois do que passei no último ano, é difícil não ficar com um pé atrás com todo mundo, mas Larissa é o tipo de pessoa que, depois de dez minutos de conversa, você tem *certeza* de que tem um coração gigante.

A gente passa os vinte minutos conversando sobre a oficina de teatro de ontem. Os outros alunos vão entrando na sala aos poucos, mas ela só fica realmente lotada depois que o primeiro sino bate. Na minha antiga escola, esse era o sinal para a aula começar, mas aqui todos ficam conversando até o segundo sino — o que anuncia o início da oração.

Sim, somos obrigados a rezar todo dia de manhã.

— Bom dia — a Irmã Jociane, diretora do colégio, nos cumprimenta com a voz reverberando pelos alto-falantes da sala. Aos poucos, os alunos que ainda conversavam vão ficando em silêncio. No Santa Cecília, não tem nada mais grave do que conversar durante a oração. — Nós, seres humanos, fomos criados para viver em comunhão com Deus e nossos irmãos, mas o livre-arbítrio e a liberdade de não seguir a vontade de Deus trouxeram ao homem o pecado...

Ela continua por mais alguns minutos e minha mente vai se dispersando, como tenho certeza de que acontece com a maioria dos meus colegas. E então, de repente, começa um alvoroço — baixinho, é claro — por toda a sala.

Volto a ouvi-la, mas pego só o final:

— A Irmã Clotilde vai passar em todas as salas ao longo da manhã, e quem tiver interesse pode ir com ela. — Em seguida, Irmã Jociane começa a rezar o Pai-Nosso, o que significa que a oração está chegando ao fim.

Algumas pessoas ficam em silêncio enquanto ela reza e outras a acompanham, todos mais calmos agora. Até ela acabar. Assim que a oração termina, a sala explode em animação.

Nessas semanas em que estou aqui, nunca vi uma oração acabar desse jeito.

— Nina, a gente precisa ir! — Larissa se vira para mim, tão empolgada quanto todo mundo.

— O que tá acontecendo? — sussurro de volta, ainda confusa. — Não ouvi o que ela disse.

— Hoje tem teste pro coral. — Ela bate na própria testa, como se tivesse lembrado só agora que sou nova no colégio. — O Santa Cecília tem um coral que se apresenta de vez em quando pela cidade, e todo ano tem testes novos.

— Deus me livre! — Faço uma careta só de me imaginar cantando na frente de um monte de gente. — Eu não sei cantar!

— Não precisa saber — ela diz, revirando os olhos. — É só pra matar aula. Todo mundo vai, mas ninguém quer passar de verdade. Quer dizer... algumas pessoas querem porque quem participa do coral pode escolher uma matéria qualquer pra ganhar um ponto na nota todo bimestre, mas, em geral, a gente vai só pra matar aula mesmo.

Antes que eu possa responder, a professora de matemática retoma o controle da aula e faz todos ficarem em silêncio, embora ainda dê para sentir a animação na sala.

A Irmã Clotilde aparece na aula seguinte e mais da metade da sala se levanta para acompanhá-la. Dá para ver o quanto a professora se irrita com essa afronta, mas apenas abana a mão para que a gente se apresse.

Apesar de odiar matemática, não tenho a menor vontade de passar a vergonha de cantar na frente de todas essas pessoas, nem mesmo para matar aula. Mas Larissa pula da cadeira e me encara com tanta expectativa que não consigo negar.

Nós duas tentamos ficar o mais para trás possível, mas todo mundo quer ser o último da fila para voltar para a aula mais tarde. A irmã já deve estar acostumada porque, assim que entramos no auditório, começa a nos organizar. Nós duas não conseguimos ficar tão atrás quanto gostaríamos, mas pelo menos metade da sala já vai ter voltado quando for minha vez de cantar.

— Vocês já sabem como funciona: é só cantar "Parabéns pra você" e, se a gente gostar da sua voz, vocês podem escolher uma música pro Vinícius acompanhar no teclado — ela diz de maneira direta, provavelmente já cansada, apesar de ainda estarmos na segunda aula.

— "Parabéns pra você"? — sussurro para Larissa. — Por que a gente cantaria isso num teste? Parece uma péssima escolha.

— Sei lá. — Ela dá de ombros com uma risada baixinha. — É a mesma música todo ano.

Independentemente da música, só de pensar em subir no palco e cantar na frente de todo mundo, meu coração já bate mais rápido. Mal parei de ouvir os sussurros sobre mim por causa da foto, tudo de que *não preciso* é começar a ouvir piadas porque canto mal — o que com certeza vai acontecer depois de hoje.

— O Vinícius que tem sorte. — Larissa aponta para o garoto sentado no teclado, enquanto outro sobe no palco, pronto para ser o primeiro a cantar. — Vai conseguir matar quase todas as aulas de hoje.

— Como assim? — Eu me viro para observá-lo no outro lado do auditório, confusa. — Ele fica a manhã toda esperando pra acompanhar quem a irmã seleciona?

— Isso. — Ela assente, parecendo um pouco mais nervosa agora que estamos nos aproximando. — Até ano passado tinha um professor de música que fazia as audições e tocava, mas ele foi flagrado com a psicóloga em uma situação... desconfortável, e os dois foram demitidos. O Vinícius é o tecladista do coral, ele tá ajudando na segunda parte dos testes desde que isso aconteceu.

Antes que eu possa fazer mais perguntas, no entanto, a irmã bate palmas para chamar a atenção de todo mundo e sou obrigada a ficar em silêncio.

Aproveito para me distrair observando o garoto no teclado. Ele está escorado na cadeira, distraído, como se estivesse completamente alheio ao que acontece ao seu redor. Consigo vê-lo apenas de perfil, mas, mesmo de longe, dá para perceber como ele é bonito.

Vinícius deve ser da minha idade, ou talvez esteja no terceirão. Seus cabelos pretos não são tão curtos quanto os da maioria dos outros garotos, mas é apenas o suficiente para começarem a formar ondinhas. Ele não tem nenhuma característica que se destaque muito, apesar do nariz e do maxilar marcados, e é o tipo de garoto que te dá a impressão de já ter visto em algum outro lugar. Mas Vinícius é inegavelmente bonito.

Tento me concentrar em sua beleza, e não nas pessoas que estão cantando "Parabéns pra você" ou no quão perto estamos da minha vez.

Dos alunos que se apresentam antes de mim, apenas dois são convidados a escolherem outras músicas para cantar, e um deles nem disfarça o quanto está insatisfeito com isso. O garoto pede para Vinícius acompanhá-lo em "Erguei as mãos e dai glória a Deus", o que arranca gargalhadas do resto da sala e faz a irmã bufar. Pelo menos a menina que é convidada parece estar realmente interessada em fazer parte do coral.

Quando chega a vez de Larissa, minhas mãos começam a suar. Apesar de todos que se apresentaram até agora terem vozes ruins ou medianas, só de pensar em ficar sozinha no palco me dá vontade de sair correndo. Mas fico ali, firme, sabendo que a alternativa seria mil vezes pior.

Larissa canta, a voz bem melhor do que eu esperava, mas é dispensada pela irmã, e então chega minha vez.

Paro aos pés da escadinha por um momento e respiro fundo antes de subir no palco. Tenho menos de dez espectadores, mas meu estômago se revira mesmo assim. Sempre achei que essa história de vomitar por nervosismo fosse coisa de filme, mas juro que sinto que vou precisar de um baldinho a qualquer momento.

Enquanto avanço com passos lentos, sinto como se tivesse uma forca bem no meio do palco me aguardando. Uma sensação completamente diferente do medo misturado à euforia que sinto antes das apresentações de teatro. Tomo meu lugar mais no canto, em frente ao teclado, e aperto as mãos ao lado do corpo enquanto a irmã pergunta meu nome.

— Catarina — digo em uma voz fraca, completamente diferente da que consigo emitir se quiser ser ouvida pelo auditório nas apresentações.

Decido seguir a dica mais básica para perder o medo: focar uma só pessoa. Como Larissa já está muito no fundo do auditório, minha atenção vai para a pessoa mais desinteressada ali: Vinícius. Começo o "Parabéns pra você", focada nas ondinhas em seu cabelo e então nos seus olhos que, dessa distância, parecem castanhos.

Mais uma vez, penso que ele me lembra muito de alguém. Talvez ele seja aquele tipo de garoto que parece qualquer galã de filme adolescente.

Termino de cantar, aliviada porque não foi nem de longe tão ruim quanto esperava. Me viro para a irmã com um sorrisinho, feliz por ter acabado, mas ela me encara com uma expressão pensativa que faz um frio subir pela minha espinha.

— Pode escolher outra música pro Vinícius, querida — ela diz com o tom muito mais doce agora.

— Quê? Eu... — balbucio, sem entender o que está acontecendo. Tinha tanta certeza de que seria horrível que nem perdi tempo pensando em outra música para cantar. — Eu não sei...

Meus olhos correm para Vinícius novamente, como se ele pudesse ter a resposta.

Dessa vez, ele me encara de volta, mas com uma expressão confusa. Sua cabeça está tombada de lado e ele me analisa como se também estivesse me avaliando.

Como não digo nada, Vinícius toma as rédeas e começa a tocar "Garota de Ipanema", o que é um alívio porque pelo menos conheço a música.

Sem prestar muita atenção no que estou fazendo, começo a cantar no automático, o tempo todo encarando Vinícius, enquanto ele me estuda de volta. No fim do primeiro verso, ele ergue as sobrancelhas e abre um sorriso, como se tivesse, enfim, me reconhecido.

É como se uma luz se acendesse no meu cérebro no mesmo instante. Finalmente me dou conta do porquê de ele parecer tão familiar.

Aquele é Vinícius Goulart.

E a gente realmente se conhece.

Ele estudava na minha antiga escola.

De repente, minha visão fica turva e eu paro de cantar, tentando encontrar o equilíbrio.

Esse é meu pior pesadelo se tornando realidade: alguém da minha antiga vida, aqui.

Alguém que pode acabar com meu recomeço e transformar minha vida em um inferno novamente.

CAPÍTULO TRÊS

Larissa nota que tem algo de errado assim que a alcanço no fundo do auditório. Bem, todo mundo deve ter notado porque mal consegui acompanhar Vinícius no teclado, e até a irmã me dispensou com um aceno irritado. Mas ela, como todos os outros, deve achar que foi apenas nervosismo por causa do teste.

— Você tá branca, parece um fantasma. — Larissa faz cara de assustada e me ampara pelo braço, como se estivesse pronta para me segurar caso eu desmaiasse. — Tá tudo bem?

— Tô só... nervosa — consigo dizer, as mãos tremendo e a voz meio falha.

Não é possível que isso esteja acontecendo.

A gente se mudou para uma cidade pequena. Sempre soubemos que existia o risco de alguém aqui descobrir minha foto e tudo que aconteceu voltar à tona, mas *jamais* me preparei para encontrar alguém da minha antiga vida aqui. Tivemos que fazer tantas mudanças e abrir mão de tanta coisa... mas eu achava que valia a pena porque pelo menos esse novo mundinho era mais seguro!

— Acho que é bom você ir pra farmacinha. — Não tinha nem percebido que saímos do auditório para o ar livre, mas

Larissa me puxa na direção contrária à da sala, a preocupação cada vez mais evidente.

Não faço ideia do que é a "farmacinha", mas me deixo ser levada enquanto o rosto de Vinícius continua grudado na minha mente.

Será que é ele mesmo? Estou quase certa de que o garoto da minha antiga escola também se chama Vinícius, mas não tenho *certeza absoluta*. E também não sei para onde ele se mudou, pode ter sido para qualquer outra cidade...

Ainda que seja a mesma pessoa, não quer dizer que ele ficou sabendo sobre a minha foto, né? Já faz tanto tempo que aquele garoto saiu da escola, talvez não tenha mantido contato com ninguém de lá.

— Oi, Larissa, o que houve? — A voz de uma irmã que ainda não conheço me pega de surpresa e me tira de meus devaneios.

Percebo que, de alguma forma, chegamos a uma sala minúscula, com espaço apenas para uma maca, um balcão cheio de remédios e uma porta que parece dar para um banheiro. Provavelmente, a "farmacinha" da qual Larissa falou.

— A gente foi fazer o teste do coral e acho que ela passou mal — Larissa explica por mim.

— Todo ano a mesma coisa... — A irmã balança a cabeça, mas é mais amigável que as outras irmãs que encontrei até agora. — Senta aqui, por favor, pra gente ver a sua pressão. Pode voltar pra aula, Larissa.

Ela parece um pouco reticente em me abandonar, mas assente uma vez e, com um último olhar na minha direção, se afasta.

A freira, que é muito mais jovem e simpática do que estou acostumada, bate duas vezes na maca e espera que eu me sente antes de passar o medidor de pressão pelo meu braço e pegar um termômetro.

— Quer me contar o que aconteceu?

— Sei lá. — Dou de ombros, a voz fraca.

— Sua pressão está um pouquinho baixa, mas nada de mais. — Ela coloca o termômetro na minha axila e continua me examinando. — Você, por acaso, tem vergonha de falar em público?

— Na verdade, não — digo, antes de perceber que, se tivesse respondido que sim, ela acharia que era esse o motivo e me liberaria de uma vez.

— Sua temperatura tá normal — a irmã me analisa, como se tentasse encontrar alguma doença visível no meu rosto —, mas, se quiser ficar aqui deitadinha até se sentir melhor, pode ficar.

A aula de química já deve ter começado a essa altura e, além de essa ser a minha pior matéria, o professor também é bastante exigente.

Mesmo assim, decido tirar um tempo para conseguir respirar. Preciso me acalmar e pensar um pouco, pelo menos até meu coração parar de tentar cavar um buraco no meu peito.

⇛ ⇚

Nina (11:46):

Preciso da sua ajuda

Lembra daquele menino que se mudou no início do ano passado?

Acho que ele tava no 1º B

Mando mensagem para Gisele assim que piso fora da sala. Se eu não tivesse medo de levar advertência por usar o celular, com certeza teria mandado durante a aula.

Fiquei na farmacinha só por uns dez minutos. Por mais que ainda estivesse nervosa e confusa quando voltei para a sala, acabei decidindo que seria ainda pior perder mais da aula de química. Não que tenha adiantado de alguma coisa, já que passei a aula toda pensando no Vinícius e tentando me lembrar se ele é mesmo o garoto que se mudou ano passado ou não.

Mas por que ele estaria com aquela expressão de reconhecimento se não fosse?

Continuo repetindo o mantra de "mesmo que seja, talvez ele nem saiba da foto", mas é difícil me convencer quando esse mundinho mais seguro que estou construindo para mim mesma parece prestes a desmoronar.

Ao final da aula, assim que entro no carro, é óbvio que minha mãe percebe que tem algo de errado, mas meu "não foi nada" em resposta deve ter deixado claro que não quero conversar, porque ela não me perturba mais. Checo o celular a cada trinta segundos, mas Gisele não olha as mensagens desde o intervalo da manhã.

Mal consigo comer no almoço, repassando sem parar tudo que vai acontecer se meus novos colegas descobrirem sobre a foto: todas as piadas, os sussurros e as risadas que vou ouvir.

E dessa vez nem vou poder me mudar de novo… Minha mãe nem mesmo conseguiu um emprego ainda!

Geralmente, sou eu quem lavo a louça depois do almoço, mas tenho certeza de que vou enlouquecer se tiver que ficar encarando a esponja e os pratos, sem nada para me distrair, então digo que não estou me sentindo bem, o que não é exatamente uma mentira, e vou para o quarto.

Decido não esperar por Gisele, me jogo na cama com meu notebook e abro o Instagram.

Se já estava difícil respirar antes, tudo só piora ainda mais quando abro a rede social. Primeiro, deixo meus olhos se perderem no meu perfil novo e trancado, com um nome diferente que ninguém da minha antiga escola conseguiria achar.

Meu outro perfil era cheio de fotos, apesar de nunca ter chegado nem a oitocentos seguidores. Eu postava fotos quase todos os dias: da minha cachorra Luna, de coisas aleatórias, fotos minhas com meus amigos... Era o tipo de coisa que me deixava feliz, sem ter que pensar muito no assunto.

O novo perfil tem só três fotos para os meus catorze seguidores: duas minhas com Gisele e uma minha com a Luna. Se meu perfil antigo ainda existisse, daria pra ver a diferença óbvia entre a Catarina de antes e a de depois da maldita foto. A de depois não tem metade do brilho que a antiga tinha, além do cabelo castanho avermelhado que antes ia até a cintura e agora mal chega ao ombro, e alguns quilos a mais que ganhei com a depressão.

Como a nova Catarina é chorona, minha garganta fica embolada só de pensar nisso, então respiro fundo e me obrigo a afastar a tristeza e pesquisar logo os perfis dos meus antigos colegas.

A experiência consegue ser ainda pior: começo pelo perfil do Marcos, um garoto que estudava comigo e que tenho quase certeza de que era amigo do Vinícius. Eu esperava que seu perfil fosse parado, mas encontro várias fotos dos meus antigos amigos no pátio da escola, na casa de um deles e na praia. A primeira, que me corta o coração, tem todo o meu antigo grupo, incluindo meu ex-namorado.

Depois de tanto tempo, eu já deveria ter superado, mas sou sempre acometida pela combinação de raiva, frustração e saudade de tudo o que passei com eles.

Vou na sua lista de seguidores e de seguidos e procuro por Vinícius, mas não o encontro em nenhuma das duas. Então passo para os perfis dos meus outros ex-colegas e repito o processo umas cinco vezes, sem nenhum resultado além de lágrimas acumuladas.

Já estou quase pegando o travesseiro para gritar de frustração quando meu celular enfim vibra com uma mensagem.

Gisele (13:06):
Desculpa a demora, fui almoçar com meu pai

Você tá falando daquele de cabelo cacheado?

Que eu era meio apaixonadinha no oitavo ano?

Tento me lembrar se estamos falando da mesma pessoa, mas Gisele já foi apaixonada por metade do colégio, então fica meio difícil dizer.

Nina (13:06):
Acho que sim?

Você lembra o nome dele?

Gisele (13:07):
É Vinícius, pq?

Todo o alívio que senti por Gisele ter me respondido vai embora.

Meu estômago se contorce com sua resposta. Qual a chance de ser apenas coincidência? Praticamente nenhuma.

Só percebo que estou perdida em pensamentos, encarando o teto, quando Gisele manda mais uma mensagem alguns minutos depois, dessa vez com um link.

Meu coração dispara no peito quando vejo que ela conseguiu encontrar o perfil dele, com muito menos esforço do que eu.

Minhas mãos estão tremendo, e sei o que vou encontrar antes mesmo de abrir o perfil e ver a foto do mesmo Vinícius de cabelos cacheados e nariz marcante que encarei hoje de manhã.

Nina (13:11):

Ai, Gi

Ele tá estudando na minha escola nova

Gisele (13:12):

Mentira!

Nina (13:12):

Eu sou tão azarada!!! Quais as chances de isso acontecer?

Gisele (13:12):

Vc tá com medo por causa da foto?

Ele nem deve ter visto! Faz séculos que ele se mudou!

E, de qlqr forma, até onde eu sei, ele sempre foi bem gente boa

Seguro o celular com mais força.

É muito fácil falar que ele é bem gente boa quando não é o futuro dela que está em risco.

Será que eu deveria contar para os meus pais? Se a foto vazar de novo — e acho que existe uma grande chance de isso acontecer agora —, a vida deles vai ser quase tão afetada quanto a minha. Mas já passo o dia todo trancada em casa, estou em um colégio religioso e mal tenho direito à privacidade. Quem sabe o que eles poderiam fazer se achassem que tem algum risco de passarmos por aquilo tudo de novo?

Minha antiga psicóloga reforçaria que eu não preciso, nunca, lidar com meus problemas sozinha. E que eu deveria enfrentá-los em vez de tentar fugir deles como fiz da outra vez. Mas ninguém sabe como é passar por tudo que passei.

Não, eu *vou* resolver sozinha.

Amanhã, assim que chegar à escola, vou me aproximar dele para tentar descobrir o que ele sabe.

Pela primeira vez, a Catarina nova tem algo bom que a Catarina antiga não tinha: um plano!

CAPÍTULO QUATRO

Depois de passar praticamente a noite toda me revirando na cama, acordo no dia seguinte com uma estratégia pronta. Ela tem duas etapas: primeiro, vou aproveitar a veia fofoqueira da Larissa para arrancar o máximo possível de informação sobre Vinícius. Depois, quando eu tiver uma ideia melhor de com quem estou lidando, quero tentar descobrir o quanto ele sabe sobre mim — sem ir direto ao ponto, é claro.

Estou tão certa de que tenho um plano infalível que vou para a aula de ótimo humor e com as forças renovadas.

Infelizmente, ele já cai por terra antes das oito da manhã.

Pelo que parece ser a primeira vez nessas semanas estudando aqui, Larissa não vem para a aula. Fico a manhã toda na expectativa de que ela vá atravessar a porta, toda esbaforida, mas perco de vez as esperanças quando dá o horário do intervalo e não há sinal dela. E o pior é que nem tenho seu número para perguntar se está tudo bem.

Para acabar de vez com meu bom humor, a professora de física ainda decide fazer um exercício em trio e sou obrigada a me juntar a duas garotas que nem se dão ao trabalho de fingir que notam a minha presença. Elas passam o tempo todo conversando sobre o clipe novo da Olivia Rodrigo e, por mais que eu tenha amado ele também e queira muito falar disso, não consigo nenhuma abertura.

Passo a tarde toda trocando mensagens com Gisele, tentando criar um plano B para o caso de minha ideia de sondar Vinícius não chegar a lugar algum. Infelizmente, nada vem à nossa mente. A única coisa que nos ocorre é eu ir mais cedo para o teatro para o caso de Larissa aparecer — o que é bastante improvável, já que ela não foi para a aula hoje de manhã.

Mas me surpreendo ao chegar ao colégio e dar de cara com ela e Joana sentadas do lado de fora do auditório. As duas estão com as saias plissadas do uniforme do Santa Cecília (é proibido que alunos fiquem no colégio sem uniforme, mesmo fora do horário de aula), as pernas esticadas em uma fresta de sol que passa entre os prédios.

— Nina, vem cá! — Larissa acena para mim assim que me vê. — A gente tava falando de você agora mesmo!

Apesar da animação evidente em seu rosto, sinto a fisgada no coração que acompanha essa frase. Até quando vou achar que ser o assunto de uma conversa nunca pode ser algo bom?

— Tavam falando o quê? — Tento parecer indiferente, mas sinto meu corpo todo duro quando me sento na grama de frente para as duas.

— Eu tava comentando que fiz um bate-volta pra Floripa hoje. Você é de lá, né?

— Sim, a gente se mudou no fim do ano passado. — Encolho os ombros, já pensando em como mudar de assunto.

Ninguém de Criciúma consegue entender a nossa mudança. O assunto é sempre acompanhado de várias perguntas como "meu Deus, mas *por que* alguém trocaria Floripa por qualquer outra cidade?" ou "nossa, eu passei um verão lá e foi a melhor coisa, meu sonho é morar lá!". Sempre preciso desconversar.

— Sabe quem mais é de lá? — O rosto de Larissa se ilumina. — O Vinícius, aquele que tava tocando teclado no teste pro coral, lembra?

Sinto minha postura relaxar na mesma hora. É quase inacreditável que o assunto tenha caído no meu colo sem que eu tenha feito nenhum esforço.

— Acredita que ele era da minha antiga escola? — Tento me lembrar de todas as perguntas que combinei com Gisele mais cedo. — Vocês são amigas dele?

— Não, por quê? Você tá interessada? — Larissa ergue as sobrancelhas de um jeito meio malicioso.

— Lari! — Joana ri e bate com o ombro no da amiga.

— É claro que não! — me apresso em explicar. — Só fiquei curiosa mesmo.

— Bom, se você quiser ajuda, é só falar com a Jô. — Ela aponta com a cabeça para Joana.

Olho para as duas, confusa.

— Meu ex é amigo dele. — Joana dá de ombros. — "Ex" — ela acrescenta, fazendo aspas no ar.

— Era seu namorado, sim, vocês ficaram juntos por uma eternidade. — Larissa revira os olhos e então se vira para mim: — Agora que ela tem vergonha desse passado sombrio, ela gosta de dizer que eles só ficavam sério.

— Por quê? — pergunto, genuinamente curiosa.

— O Thiago faz parte do lixo radioativo do colégio.

— Larissa, não fala assim! — Dessa vez, Joana bate com o ombro ainda mais forte. Ainda olhando com uma expressão chateada para Lari, ela me fala: — O que ela quer dizer é que ele anda com um pessoal que… não é lá muito legal.

— Você tá sendo querida. — Larissa balança a cabeça. Acho que é a primeira vez que a vejo tão séria. — Os dois só namoravam porque as mães deles se conhecem, tipo, desde o ensino fundamental. Mas o Thiago e os amigos dele são uns babacas.

— Mas o que eles fizeram? — Nem sei por que pergunto. Sei muito bem, por experiência própria, o que um grupinho de garotos babacas pode fazer.

— Ah, eles tão sempre fazendo bullying com todo mundo, fingindo que são fodões. — Ela revira os olhos. — Quem vê nem pensa que o Thiago ainda dorme na cama com os pais sempre que tem pesadelo.

— Lari! — Agora, quando Joana se vira para ela, parece realmente chateada. — Eu falei que era segredo! Você não pode sair falando esse tipo de coisa pros outros!

— Não é pros outros, é pra Nina. — Mas ela parece mesmo arrependida, deve ter se lembrado que a gente só se conhece há dois dias. — Desculpa, finge que não ouviu isso. De qualquer forma, a gente tava falando sobre o Vini. Ele anda com esse grupinho às vezes, mas ele é meio que amigo de todo mundo... Ele não é tão ruim.

— Eu só saí com ele umas cinco vezes — Joana diz —, mas ele sempre foi muito querido.

É tanta informação, sobre tanta gente e em tão pouco tempo, que não consigo mais nem me lembrar das coisas que queria descobrir com essa conversa. Queria saber se ele fala sobre o antigo colégio, se já contou alguma coisa interessante... Mas o bombardeio de fofoca das duas me deixou um tanto desnorteada.

— Meu antigo colégio era bem maior que esse, eu nunca nem falei com ele — digo, enquanto tento formar uma imagem de Vinícius a partir de tudo que elas falaram. — Quem sabe, agora que a gente tem alguma coisa em comum, a gente não vira amigo?

— Deus me livre de você andar com aquele grupinho! — Larissa faz o sinal da cruz enquanto Joana solta uma risada. — A gente te conheceu primeiro, você tá proibida de andar com eles.

— A gente até te dá um desconto se quiser ficar com o Vini. — Joana completa com um sorrisinho. — Ele é mesmo um gato.

Disso eu realmente não poderia discordar. Mas se já acho perigoso o suficiente me aproximar dele, imagina ficar com ele! O que o pessoal do meu antigo colégio falaria se vissem uma foto nossa juntos no Instagram?

Não, pretendo manter minha vida antiga bem separada da nova, obrigada. Só preciso me aproximar o suficiente para descobrir o que ele sabe sobre a foto, se é que sabe de alguma coisa.

Estou pensando em como perguntar em qual sala ele estuda sem parecer ainda mais suspeita quando o professor de teatro chega, um sorriso estampado no rosto.

— Prontas pra aula? — Ele tem uma empolgação contagiante na voz.

— Sempre! — Larissa fica de pé em um pulo, e Joana e eu trocamos olhares divertidos enquanto nos levantamos com um pouco mais de calma.

Depois de meses sozinha, é meio caótico e revigorante passar o tempo com alguém com tanta energia quanto a Lari.

— Acho que hoje a gente vai ensaiar algumas cenas de *Dom Casmurro* pra eu ir sentindo como o grupo tá — ele vai contando para nós enquanto passamos pela quadra de esportes que fica sob o auditório. — Saibam que eu tô de olho nas três e, se gostarem das leituras, pretendo dar papéis de destaque pra vocês, hein.

Vejo o olhar animado que as duas trocam enquanto ele dá uma piscadela em minha direção. Ao mesmo tempo em que a ideia de pertencimento a um grupo me assusta, não consigo evitar o quentinho que se espalha por meu peito.

A última coisa que quero é dar razão para minha mãe e para os canais sobre maternidade a que ela assiste, mas é bom voltar a me sentir como a antiga Catarina.

Parte desse sentimento vai embora assim que entramos no auditório. Não só porque ouço o burburinho de vozes que nos espera lá dentro, o que ainda me assusta um pouco, mas porque ainda me sinto sufocada com a explosão de bordô que tem por todo o colégio, principalmente aqui.

O professor Maurício começa a aula com alguns exercícios de improvisação e aos poucos vai trocando as duplas que estão participando no meio do palco.

Larissa é uma das primeiras e, enquanto observo de um dos cantos, minhas mãos começam a suar e sinto um frio no estômago que não estou acostumada a sentir no teatro. Imagino que vou passar uma vergonha parecida com a que passei no teste do coral, mas, conforme o exercício segue e mais e mais pessoas vão sendo chamadas, vou me sentindo mais à vontade.

O auditório é totalmente diferente do que estou acostumada, e não conheço nenhuma dessas pessoas direito, mas estar em um palco de teatro é quase como estar em casa. Aos poucos, vou me familiarizando e, quando chega minha vez, estou até empolgada.

É um exercício fácil, no qual a gente começa interpretando uma pessoa em uma determinada situação, e o professor muda essas duas coisas do nada. O mesmo tipo de exercício que eu costumava fazer na Encena, então tiro de letra e vou me adaptando conforme ele e minha dupla, um garoto que ainda não conhecia, exigem.

Estou tão eufórica quando ele chama uma garota para me substituir que mal consigo respirar direito. Meu coração está mais acelerado e sinto minhas bochechas quentes, como se tivesse acabado de sair de uma corrida e não de um exercício de teatro.

Tomo meu lugar no canto novamente e fecho os olhos com força, sem conseguir conter o sorriso. Quero apenas saborear este momento o máximo que puder.

Eu só não esperava que ele fosse durar tão pouco.

Assim que abro os olhos, retorno à atmosfera agitada do auditório, mas sou surpreendida pelo peso de uma visão em particular.

Vinícius está olhando diretamente para mim.

Neste momento, tenho certeza de que ele sabe.

CAPÍTULO CINCO

Fico tão desconcertada com a presença de Vinícius que o resto da aula é um completo desperdício.

E é claro que minha distração não passaria despercebida. O professor Maurício precisa chamar minha atenção duas vezes durante as leituras das falas de *Dom Casmurro*. Se tinha alguma chance de eu conseguir um papel legal, joguei no lixo durante essa aula.

Não consigo passar mais do que um minuto sem lançar um olhar rápido na direção de Vinícius. Fico o tempo todo esperando flagrá-lo com a câmera do celular apontada para mim, rindo com seus amigos do nosso colégio antigo. Mas ele nem mesmo olha em minha direção de novo.

Vinícius passa a aula inteira distraído no celular. E, por mais que eu torça para essa tortura acabar logo, ele não se levanta da cadeira.

Ele literalmente *não se levanta*, nem quando o professor anuncia o fim da aula. E o pior é que cometi o erro de ficar para trás, achando que ele se juntaria à fila de alunos saindo, e agora estamos só nós dois no auditório.

Eu, encurralada em um canto do palco, e Vinícius distraído no maldito celular.

Tudo bem que eu queria sondá-lo para descobrir o que sabe, mas planejava fazer isso nos próximos dias. Não *hoje*.

Nina (17:03):

Eu tô sozinha

No auditório

Com o Vinícius

Socorro

O que eu faço?????

Gisele vai me matar por ter mandado a mensagem toda picada, mas quero ter certeza de que ela veja e me responda logo. Preciso de alguma solução que garanta que a gente mantenha uma distância bem grande um do outro.

Gisele (17:03):

Como assim?

Como você foi parar nessa situação? Kkkkkk

Nina (17:03):

Isso é o de menos, depois eu explico!

Agora me ajudaaaaaa

O QUE EU FAÇO?

Gisele (17:04):

E eu sei lá?

Quer que eu te ligue?
Aí você finge que tá falando com alguém

Ou melhor, fala mesmo comigo né kkkk

Nina (17:04):

> GI, VOCÊ É UM GÊNIO

> ME LIGA

> AGORAAAAAA

— Você é doida! — é a primeira coisa que ela diz quando atendo. — Se você só agisse como você mesma, ele ia manter distância pra não pegar a sua loucura.

— Sua ridícula! — digo com uma risada nervosa.

Assim que ouve minha voz, Vinícius levanta os olhos, curioso. Sei disso porque não consigo parar de encará-lo desde que a aula acabou.

Ele me olha como se estivesse surpreso por estarmos só nós dois aqui, então talvez não fosse uma armadilha. Ou talvez ele só seja um bom ator.

— Não, eu já tô indo, mãe — falo a primeira coisa que me vem à mente e me apresso pela escada na lateral do palco.

Consigo sentir meus dedos apertando o celular com força, mas não posso evitar. Quase corro até a porta do auditório.

— Você é muito dramática, sabia? — Gisele fala com uma risada alta. — Não é à toa que se deu tão bem no teatro.

— Queria ver se fosse você no meu lugar. — Praticamente rosno de volta, mas consigo sentir o alívio me preenchendo quando sou recebida pela luz do fim da tarde do lado de fora.

— Conseguiu sair?

— Sim, obrigada. — Continuo meio que trotando até a entrada do colégio, só por garantia. — Você me salvou mesmo, Gi, fico te devendo essa.

— Eu também te amo! — Ela desliga o celular sem nem esperar por uma resposta.

Meu coração ainda está acelerado quando chego à calçada do lado de fora, mas já consigo respirar com um pouco mais de calma. Procuro o carro da minha mãe, que deveria estar estacionado nas redondezas, mas não a vejo em lugar algum, então me recosto no muro da escola e pego o celular de novo.

Mas nem tenho tempo de abrir o Instagram antes de sentir uma presença ao meu lado.

— Catarina? — Seu tom é um pouco mais grave do que eu esperava, apenas um pouquinho desafinado no final, como acontece com todos os garotos da minha idade.

Normalmente, isso me tiraria pelo menos um sorriso, mas agora só me deixa ainda mais paralisada.

— O-oi?

— É você mesmo, né? Do Colégio Professor Gilberto Rodrigues — Vinícius insiste, sem perceber o quanto estou desconfortável.

— Ahn... — pigarreio, minha voz muito mais desafinada que a dele. — Sim, sou eu.

— Você não deve ter me reconhecido, mas eu sou o Vinícius — ele estende a mão, como se fosse a coisa mais normal do mundo cumprimentar as pessoas assim —, eu estudava no primeiro B no Professor Gil.

Minha mão se move sem que eu tenha controle algum e toca na dele, cumprimentando-o de leve. Imagino que ele consiga sentir o suor que a dominou, mas tudo o que eu sinto é uma fisgada que sobe do meu braço até meu coração. Uma fisgada nada boa.

— Você era amiga da Gisele, não era? — Vinícius abre um sorriso tímido. — Eu tive um crush nela por alguns anos, mas ela nem deve saber quem eu sou.

Tudo bem, essa informação me pega de surpresa. Não consigo evitar de erguer as sobrancelhas, o que só faz seu sorriso se alargar ainda mais. *Preciso* contar isso para Gi assim que chegar em casa, ela vai ficar louca quando souber. Principalmente depois que eu contar que ele está ainda mais bonito do que eu me lembrava.

— O que você tá achando do Santa Cecília? — Ele continua quando vê que não pretendo dizer mais nada. — É bem diferente do Professor Gil, né?

— Ahn... é? — Eu sei que não estou agindo nem de longe como uma pessoa normal, mas não consigo evitar.

Mil coisas passam pela minha mente ao mesmo tempo. O que ele está fazendo? É claro que ele sabe, por que outro motivo falaria comigo? Talvez ele só esteja sendo uma pessoa legal. Eu deveria aproveitar a oportunidade para tentar descobrir o que ele sabe. Vinícius usa o mesmo perfume que o Brendon, meu ex. Seus olhos, na verdade, são de um verde-escuro e não castanho como eu tinha imaginado. Por que ele parece tão mais alto de perto?

— Bom, começando pelas freiras, né... — Ele solta uma risada e se recosta no muro também, os braços cruzados e a postura relaxada. — Você acredita que uma vez elas me mandaram pra casa porque eu tava com uma meia azul? Uma *meia*.

É como se essa informação, completamente absurda e aleatória, despertasse algo no meu cérebro.

— Jura? — Meu tom sai tão abismado quanto me sinto. — Eu sabia que elas eram chatas com tamanho de saia e essas coisas... mas uma *meia*?

— Juro. — Ele ergue as sobrancelhas, como se estivesse me contando a maior fofoca. — A maioria dos nossos colegas estuda aqui desde o maternal, então já estão acostumados. Agora eu e você? Se prepara que a gente ainda vai visitar *muitas* vezes a sala da irmã.

A menção de nós dois juntos, como se fôssemos uma equipe, uma unidade, me traz de volta à realidade e me lembra de que tenho uma missão.

De repente, me dou conta de que estou mais tranquila na presença dele. Tem algo no jeito descontraído de Vinícius que me acalma e, pensando bem, até me lembra um pouco a Larissa.

Respiro fundo e tento colocar os pensamentos em ordem.

— Você ainda tem contato com alguém do Professor Gil? — Começo por uma pergunta que me parece inofensiva.

— Não muito, mas, quando vou visitar meus parentes de lá, saio com o Marcos e o Caio. — Ele encolhe os ombros. — Você conhece o Marcos, né? Ele é meu primo.

Ah, não.

Ah, não, não, não, não.

Marcos era o pior deles.

Não é possível que eu esteja tendo o azar de, além de encontrar alguém do meu antigo colégio, ele ser primo do Marcos. A única forma de a situação piorar é ele ser primo do Brendon.

Mal consigo ouvir quando Vinícius pergunta se também mantenho contato com alguém. Fico tão desnorteada com a notícia que preciso dar graças a Deus quando minha mãe chega de carro e me salva da desgraça que estava prestes a acontecer.

— Preciso ir, minha mãe... — Aponto para o carro que está vindo lá no fim da rua.

Infelizmente, nesse horário, várias crianças estão saindo da aula, então há uma fila de carros me separando da liberdade.

— Tudo bem. — Ele abre um sorriso maior que os outros e revela uma covinha no queixo que seria charmosa se eu não estivesse tão abalada. — Me dá seu celular pra eu salvar meu número, posso te ajudar se você precisar de qualquer coisa até se adaptar.

Não consigo decidir se ter o contato de Vinícius é algo bom ou não. Não que fosse fazer alguma diferença, já que meus músculos agem por vontade própria e entregam meu celular na mão dele.

O que mais eu poderia fazer? Dizer não e sair correndo?

— Amigo novo? — minha mãe pergunta, desconfiada, quando entro no carro.

Depois do que aconteceu, ela age como se chegar perto de qualquer garoto fosse apenas o primeiro passo para que eu mande uma foto nua para ele também.

— Uhum. — É tudo que consigo responder.

Sinto seu olhar curioso sobre minha pele, mas afivelo o cinto como se nada demais tivesse acontecido.

Algo me diz que eu *deveria* contar a ela. Não tudo que Vinícius me disse, mas que estudo com alguém que talvez saiba sobre a foto. Meus pais saberiam o que fazer numa situação dessas. Adultos servem exatamente para esse tipo de coisa!

Mas também sei que, provavelmente, eles não fariam nada além de me trancar em casa por ainda mais tempo.

Estou lutando tanto para recuperar minha liberdade... Contar sobre Vinícius só jogaria todo o progresso no lixo.

— Tá tudo bem, filha? — Ela me olha de lado, a preocupação contorcendo suas feições.

— Tudo ótimo! — Minha voz sai mais firme do que eu gostaria.

Pode ser que essa situação toda não me traga maturidade, como minha mãe prometeu, talvez apenas me transforme em uma mentirosa compulsiva.

CAPÍTULO SEIS

Nina (19:11):
> Não consigo entender o que tudo isso significa
>
> Já repassei o que ele me disse mil vezes
>
> E não chego a conclusão nenhuma

Gisele (19:11):
> Talvez não signifique nada além do que ele disse...

Nina (19:12):
> De que lado vc tá, Gisele???

Gisele (19:13):
> Eu não tava sabendo que tinha lados
>
> Mas do seu, claro

Nina (19:13):
> Bom, fique sabendo que ele tbm falou de vc

Gisele (19:13):
> DE MIM???
>
> O QUEEEEEEEE?

Nina (19:13):
Ele disse que tinha um crush em você

Gisele (19:14):
AHHHHHHHHH

MENTIRAAAAAAA

Não acredito que perdi essa oportunidade

NINA EU VOU AÍ TE VISITAR AGORA!

Nina (19:14):
Pior que ele tá um gato mesmo

Gisele (19:14):
Hmmmmm

Melhor eu nem visitar então?

Nina (19:14):
Cala a boca kkkkkkkk

Não importa o quanto eu tente, jamais vou superar a falta que Gisele faz no meu dia a dia. Quem mais conseguiria me fazer rir numa situação dessas?

Sei que minha mudança foi tão sofrida para ela quanto para mim. Por mais que a gente fizesse parte de um grupo maior de amigos, nós duas sempre fomos muito grudadas. E quando minha foto vazou e todo mundo começou a falar de mim pelas costas — e até pela frente —, Gi arranjou briga com metade do colégio para me defender.

É claro que a reputação dela vai se recuperar muito antes da minha, mas ela chorou no meu colo algumas vezes enquanto a data da mudança se aproximava.

E, por mais que ela esteja levando a descoberta de que Vinícius estuda no meu colégio com muito mais leveza do que eu, sei que Gisele também está preocupada com o que isso significa, mesmo que em um nível menor.

Estou pensando em uma forma de agradecê-la por tudo — talvez pedindo um bolo para ela pelo iFood? — quando recebo uma mensagem de outra pessoa.

Tecladista Gostosão (19:16):
Boa noite

Tecladista Gostosão aqui

Primeiro: de nada

Segundo: já tirou todas as meias que não são pretas, brancas ou bordô do armário?

Ao mesmo tempo que a mensagem de Vinícius acelera meu coração, também me faz revirar os olhos. Quem salva o contato como "Tecladista Gostosão" no telefone de alguém que mal conhece? Mas se o intuito era me deixar menos nervosa, funcionou.

Nina (19:16):
AI MEU DEUS ELE ME MANDOU MSG

Gisele (19:17):
Desde quando ele tem seu número???

Nina (19:17):
Desde hoje

Gisele (19:17):
Como assim você esqueceu de mencionar ISSO?

Nina (19:18):
Desculpa

AHHHH, O QUE EU FALO?

Gisele (19:18):
Me manda um print do que ele disse

Nina (19:18):
Não dá, ele vai ver que eu visualizei

Já é péssimo o suficiente que ele saiba que estou on-line. Por que minha mãe tinha que ser insuportável e me obrigar a recolocar o aviso de leitura?

Sem contar que, se eu for completamente honesta, também prefiro que a nossa conversa continue apenas entre nós dois.

Isso significa que vou ter que resolver, sozinha, o que responder para ele.

Se ao menos eu soubesse o que o Vinícius quer comigo, as coisas seriam mais fáceis. Talvez ele só ache que devemos ser amigos porque viemos do mesmo lugar. Ou talvez queira me ajudar a me sentir mais à vontade, já que sabe exatamente pelo que estou passando com a mudança de cidade. Ou talvez saiba sobre a foto e esteja esperando apenas uma oportunidade para me sacanear.

Ou pior: Vinícius pode ter criado uma ideia sobre mim e esperar que eu vá responder a certas expectativas — não seria a primeira vez.

Sei que minha cabeça está a mil e que não vou descobrir nada sozinha, mas decido que é melhor encarar essa situação com cautela. Pelo menos até descobrir o quanto ele sabe.

Ao abrir sua conversa, vejo que Vinícius ainda está on-line e que mandou uma mensagem para ele mesmo, mais cedo.

Nina (17:18):
Oi, tecladista gostosão

Valeu por ter salvado minha pele no teste do coral

Tecladista Gostosão (19:16):
Boa noite

Tecladista Gostosão aqui

Primeiro: de nada

Segundo: já tirou todas as meias que não são pretas, brancas ou bordô do armário?

Nina (19:20):
Tecladista gostosão??? É sério isso?

E, na verdade, separei todas as minhas meias mais coloridas

Amanhã vou com uma da cor do arco-íris

Tô me sentindo meio rebelde

Tecladista Gostosão (19:20):
Vou usar a minha cheia de ursinhos então

A gente se encontra na sala da irmã

Coloco a mão em frente à boca, mas não consigo conter uma risada baixinha.

Nina (19:20):
Amanhã vai ser meu primeiro dia de rebeldia, ainda não vi a sala da irmã por dentro. Mas ouvi falar coisas terríveis

Tecladista Gostosão (19:21):

Acredite, você não quer ver kkkkkk

Espero que ele diga mais alguma coisa, mas Vinícius não continua. E logo o "on-line" desaparece sob seu nome.

Provavelmente é um sinal divino para deixar para lá. Eu *não quero* me aproximar dele. Mas algo me impulsiona mesmo contra a minha vontade. É quase uma necessidade de continuar conversando com Vinícius e aproveitando um pouco desse seu humor peculiar.

Nina (19:23):

E que história é essa de salvar a minha pele no coral?

Tecladista Gostosão (19:23):

Você tava prestes a desmaiar quando comecei garota de ipanema!

Vinícius até tem razão, só não sabe que *ele* foi o motivo do meu quase-desmaio.

Nina (19:23):

Também não precisa exagerar, eu tava só me preparando

Tecladista Gostosão (19:24):

Você ficou tão branca que eu achei que ia vomitar em cima de mim

Nina (19:24):

Talvez eu devesse mesmo, só pra ver se você baixava um pouco a sua bola

Tecladista Gostosão (19:24):

A pessoa te salva e ainda tem que ficar lendo desaforos...

Nina (19:25):
> O que você esperava depois de colocar "Tecladista Gostosão" como seu contato?

Tecladista Gostosão (19:25):
> KKKKKKKKKK curtiu?
>
> Pelo menos não é mentira

Nina (19:25):
> É um exagero

Talvez "gostosão" não, mas gato ele, com certeza, é. Não que eu vá admitir isso.

Tecladista Gostosão (19:25):
> Se você diz...

Nina (19:25):
> E qual foi o nome que você colocou pra mim?

Tecladista Gostosão (19:26):
> Qualquer dia desses eu te mostro

Encaro o celular por um tempo, sem saber o que responder. Isso é um convite ou foi só uma resposta qualquer para aumentar o suspense? Fico com a conversa aberta até o "on-line" sob o nome dele sumir de novo.

Volto para a conversa com Gisele para pedir ajuda sobre como lidar com a situação.

Antes que eu possa mandar qualquer coisa, no entanto, recebo uma mensagem de Larissa. Depois de ter passado a manhã toda preocupada com o desaparecimento dela, consegui lembrar de pedir seu número durante a aula de teatro.

Larissa (19:29):
Oii, Nina!

A Kamila convidou uns amigos pra irem na casa dela amanhã à noite, quer ir?

Nina (19:29):
Quem é a Kamila?

Larissa (19:31):
Ela é da sala da Jô, você vai adorar ela!

Nina (19:31):
Vou ver com meus pais, mas duvido que eles deixem

Calma aí

Larissa (19:32):
Fala pra eles que somos todos comportados

Os pais dela vão estar em casa e a gente não vai fazer nada demais

Nada de bebidas

Leio as mensagens com uma careta no rosto. Antigamente, isso seria o suficiente para que eles deixassem. Era possível que nem mesmo perguntassem sobre os pais dela ou bebidas porque eles confiavam em mim e sabiam que eu não faria nada de errado.

Hoje, duvido que qualquer coisa vá ser suficiente para eles me liberarem desse cativeiro que chamam de "levar tudo com calma".

Larissa (19:33):
E acho que o Vini vai

Essa última mensagem me faz revirar os olhos, mas estaria mentindo se dissesse que não senti o estômago revirar também.

Bato à porta do quarto deles devagarinho. Meus pais estão deitados na cama, vendo alguma dessas séries de crime que passa na TV a cabo. Já perguntei mil vezes porque eles continuam assistindo se veem tudo fora de ordem e não entendem nada, mas os dois amam.

— Uma amiga me convidou pra sair amanhã — digo, pensando com cuidado em cada palavra.

Está escuro demais para ver suas expressões, mas claro o bastante para ter certeza de que eles trocaram um olhar antes de meu pai colocar a TV no mudo e eles se empertigarem na cama.

— Quem? — meu pai pergunta, sempre mais maleável que a minha mãe.

— A Larissa, ela é uma das minhas amigas do teatro.

— E aonde vocês vão? — A voz de minha mãe é um pouco mais incisiva.

Sei que ela não faz por mal, mas já dá pra ouvir o "não" em seu tom.

— A gente vai pra casa de uma amiga dela — respondo, me apressando para dar todas as informações que ela me passou. — É uma menina de outra sala, mas as duas se adoram. E vão mais alguns amigos, mas os pais da Kamila vão estar em casa e não vai ter bebida.

Falo tudo de uma vez, para garantir que não vou ouvir um não antes da hora.

É claro que não adianta.

— Não sei, não, Nina... — Em defesa da minha mãe, ela fala com cuidado, como se quisesse evitar uma briga a todo custo. — Se fosse na casa da sua amiga do teatro, eu poderia falar com os pais dela e pensar, mas é uma menina que você nem conhece...

— Mas a Lari...

— Acho melhor deixar pra próxima, tá? — ela me interrompe como se não tivesse me ouvido.

— Mãe... — choramingo, baixinho. — Você tá sempre falando que eu tenho que me esforçar pra voltar ao normal, fazer amigos... *Isso* é o normal!

— Nina... — Meu pai tenta. Consigo ver o embate em sua voz: ele não quer negar, mas não quer bater de frente com a minha mãe.

— Eu disse que não — ela o corta. — Na próxima, talvez.

Assunto encerrado.

Ela pega o controle da mão do meu pai e aumenta o volume.

Fecho a porta do quarto, sentindo uma lágrima solitária escorrendo pelo rosto. Nem sei por que estou chorando, eu já sabia que essa seria a resposta.

Acho que eu só esperava que, pelo menos uma vez, ela estivesse falando sério quando disse que queria que a gente começasse de novo como se nada tivesse acontecido.

CAPÍTULO SETE

Desço do carro com um embrulho no estômago que é ao mesmo tempo bom e ruim. Uma empolgação por *finalmente* estar saindo de novo e um medo de que tudo vá dar absurdamente errado.

Sempre que imagino minha vida daqui a alguns meses, a imagem da Catarina feliz com vários amigos é abruptamente substituída pela ideia de que alguém vai descobrir sobre a foto e colocar tudo a perder.

Mas esse dia não é hoje. Pelo menos é isso que repito a mim mesma para criar coragem de ir à casa de Kamila.

— Já sabe, né? Qualquer coisa só me ligar, *qualquer coisa* — meu pai diz em um tom amável e cansado ao mesmo tempo. — E se comporta.

— Pode deixar! — Abro um sorriso que espero parecer mais confiante do que me sinto. — E obrigada, pai.

— De nada. — Ele dá uma piscadela.

Ele e minha mãe brigaram na noite passada. Não que eu tenha ouvido alguma coisa, os dois costumam ser bem discretos. Mas o clima entre eles estava tão pesado hoje no café da manhã que eu tive certeza de que meu pai tinha intervindo a meu favor.

É claro que me senti culpada, mas confesso que meu lado egoísta ficou bem feliz. O mau humor da minha mãe só podia significar uma coisa: meu pai havia ganhado a discussão, ou seja, hoje é a primeira vez que saio com minhas novas amigas.

A casa de Kamila fica em um condomínio pequeno, cheio de casas de três andares com vidraças enormes no lugar de paredes e piscinas que devem ter o tamanho do meu apartamento. É bem óbvio o motivo de a casa dela ter sido escolhida para o encontro. A entrada imponente tem um estilo grego, com colunas e holofotes que a deixam ainda mais chique. Além de não ter nenhuma cerca para estragar a grama bem-cuidada, a porta está escancarada como se a casa ficasse em um universo paralelo onde não existem assaltos.

Estico o pescoço, tentando encontrar alguém dentro da casa, mas vejo apenas uma entrada enorme que parece se estender para sempre. Será que eu deveria entrar direto? Mando uma mensagem para Lari, avisando que cheguei, mas faz mais de meia hora que ela não visualiza as mensagens. Por que eu não pedi carona?

Bato, mesmo sabendo que não tem ninguém para ouvir, e, quando não recebo resposta, entro pé ante pé, rezando para ser a casa certa.

Apesar de ser uma mansão enorme, é impossível me perder. A cacofonia de vozes me leva direto para uma sala de estar à esquerda, onde uns oito colegas meus estão conversando. E o barulho é tanto que parece que estão todos falando ao mesmo tempo, embora estejam divididos em grupos de duas ou três pessoas.

Ninguém nota a minha presença e por um momento apenas fico lá parada, sem saber o que fazer. Não existe nada pior do que chegar sozinha a algum lugar.

A primeira pessoa a me ver é Vinícius. Ele abre um sorriso enorme, com aquela maldita covinha no queixo, e seu rosto todo se ilumina, como se ele estivesse apenas esperando a minha chegada. Antes que possa me cumprimentar, no entanto, outra pessoa grita:

— Nina! — Larissa se levanta em um pulo e me puxa para o canto da sala onde ela, Joana e Kamila estavam conversando. — Mila, esta é a Nina. Nina, esta é a Mila.

— Oi. — Minha voz sai baixinha e um sorriso tímido toma meus lábios.

Antes, nunca tive problemas em fazer novos amigos. Meus pais diziam que eu era "despachada" desde criança e sempre queria ser o centro das atenções. Agora, tudo que eu quero é ficar quieta no meu cantinho. Quanto menos gente me notando, melhor.

Larissa me carrega para uma rápida rodada de apresentações com todo mundo. Não reconheço quase ninguém, são todos alunos de outras salas. A exceção é Vinícius. Espero agir com um pouco mais de calma ao encontrá-lo dessa vez, mas meu coração acelera da mesma forma que antes.

— A Lari disse que você não vinha. — Ele se inclina para me dar um beijinho rápido na bochecha, trazendo o cheiro do perfume do Brendon para as minhas narinas.

Preciso reprimir, mais uma vez, as lembranças ruins que isso me traz. Pelo menos, serve como um lembrete de que todas as nossas interações têm um propósito: descobrir se Vinícius sabe sobre a foto e se pretende contar a alguém.

— Meus pais mudaram de ideia. — Consigo ouvir a incerteza na minha própria voz.

Algo no olhar de Vinícius me impele a ficar ali, por mais que sua presença ainda me assuste. Então, antes que eu acabe demonstrando ainda mais meu nervosismo ou faça alguma outra besteira, corro para onde Joana conversa com um garoto cujo nome já esqueci.

>>> <<<

Talvez Larissa não tenha sido necessariamente sincera quando disse que não teria bebida. Não tem vodca nem nada tão forte assim, mas Kamila pegou algumas cervejas e algumas ices da despensa do pai. Todo mundo toma pelo menos alguns golinhos, menos eu.

Não que eu nunca tenha bebido, até meus pais já me deixaram tomar um ou outro golinho de cerveja e vinho. E teve uma vez, no primeiro ano — antes do incidente com a foto — que eu e umas amigas tomamos um porre que me deixou de castigo por mais de um mês. Então eu sei que era de se esperar que isso fosse acontecer, independentemente do que Larissa tivesse dito.

Ainda assim, prefiro ser a chata que não bebe a correr o risco de acabar com a minha liberdade recém-adquirida. Só que era de se esperar também que continuar sóbria me deixasse em pleno controle mental e também motor. Mas, por que não consigo evitar que meus olhos fiquem passeando pela sala, a todo momento, até encontrar com os de Vinícius? É como se eles tivessem um verdadeiro ímã me guiando até sua imagem.

E o pior de tudo é que ele já me pegou no flagra pelo menos três vezes.

— Sabe com quem eu acho que ela ia combinar? — Bernardo, um garoto que conheci hoje à noite, fala para Larissa, todo empolgado. — Com o Joaquim!

— Você não tá querendo empurrar ela *pro seu ex*, né? — Larissa parece chocada enquanto discorda com a cabeça, os cabelos cacheados balançando de um lado para o outro.
— Você deve estar bêbado mesmo.

Ela fala de um jeito que parece brincadeira, mas, de todos aqui, Bernardo é o único que parece estar perdendo um pouco do controle.

— Mas não é verdade? — ele insiste.

— Pior que é — Lari concorda em um sussurro.

Estou prestes a negar, apesar de não conhecer esse tal de Joaquim, quando alguém chama os dois e eu fico sozinha, de mãos abanando. Em uma hora dessas, seria bastante útil ter uma bebida nas mãos.

Como sempre, meu olhar vaga pela sala até encontrar Vinícius. Ele está sentado no braço do sofá, conversando com um garoto que, eu *acho*, se chama Renan, mas seus olhos estão fixos em mim. Assim que nossos olhares se cruzam, um frio sobe pela minha espinha.

A sensação se espalha pelo resto do corpo quando o assisto se levantar e andar a passos lentos em minha direção.

Vinícius está com uma bermuda azul e uma blusa cinza. Depois de vê-lo apenas de branco e bordô, preciso admitir que a mudança é bastante agradável. Graças a Deus, tenho o perfume de Brendon para impedir que qualquer ideia perigosa se instale em minha mente.

Ele para na minha frente de um jeito meio marrento — talvez seja efeito da bebida — e cruza os braços, me analisando como se estivesse tentando chegar à resposta de alguma coisa.

— Você não tá bebendo? — A cabeça dele inclina de leve.

— Não, hoje não — digo as palavras com cuidado, pensando em cada uma antes de falar em voz alta. — A situação com meus pais anda meio... complicada. Não quero dar motivo pra eles me proibirem da próxima vez.

Juro que consigo ver um brilho em seus olhos, mas dura só um momento. Mais uma vez, tenho *quase* certeza de que ele sabe sobre a foto. Então ele abre aquele seu sorriso enorme e mal consigo dizer sobre o que estamos conversando, quanto mais adivinhar o que ele pode ou não saber.

— Entendo bem de pais superprotetores. — Ele balança a cabeça e se escora na parede ao seu lado. — Minha mãe tava insuportável ano passado.

— Só sua mãe? Lá em casa também é assim, tenho que agradecer que meu pai fica do meu lado às vezes.

— Meus pais se separaram ano passado — ele explica como se não fosse nada de mais.

— Desculpa, eu não sabia. — Quero dar um tapa em mim mesma por não ter pensado nisso.

— Ah, não foi nada. — Vinícius abana uma mão e dá mais um gole em sua cerveja. — Eles não paravam de brigar um minuto, foi até bom.

Graças a Deus, esse é um problema com o qual não me identifico nem um pouco. Alguns casamentos provavelmente teriam terminado com uma filha irresponsável como eu que deixa uma foto sua, em frente ao espelho, sem sutiã, vazar. Mas é como se o relacionamento de meus pais tivesse apenas se fortalecido depois disso.

Eles têm suas diferenças sobre como lidar comigo agora: no caso, minha mãe acha que eu devo ficar em uma gaiola e meu pai acredita que eu deveria receber um voto de confiança. Ainda assim, eles serviram como uma ótima base de apoio um para o outro.

Só faltou uma para mim.

— Foi por isso que você se mudou? — me apresso em perguntar, antes que meu cérebro me leve a lugares que não quero visitar.

— Sim, a família da minha mãe é toda daqui. — O brilho no olhar dele se foi de vez agora, substituído por uma sombra. — Eu fiquei com a minha mãe, e meu irmão com meu pai.

— E você não sente falta do seu irmão? — O que eu gostaria de dizer, na verdade, é que parece horrível separar dois irmãos desse jeito.

— Muito mais que do meu pai. — Ele solta uma risada fria. — Mas ele faz faculdade lá, então nem teria como vir pra cá.

Por mais que eu esteja curiosa em saber como essa dinâmica toda funciona, dá para dizer por seu tom que esse é um assunto delicado e que machuca Vinícius, então me limito a abrir um sorriso que espero que seja reconfortante.

Vinícius devolve o sorriso com um olhar profundo. Seus olhos se fixam nos meus e, por um momento, é como se ele estivesse lendo meus pensamentos em vez de ouvindo as conversas ao nosso redor. Seu olhar é tão intenso que sou obrigada a desviar o meu antes que eu acabe me abrindo e contando todos os meus pecados.

Posso jurar que o ouço suspirar, mas é um som tão baixinho que não tenho certeza.

— Meu Deus — ele diz de repente, em um tom muito mais relaxado e animado que antes. — A Joana tá ficando com o Renan!

É claro que meu lado fofoqueira fala mais alto, e me viro correndo.

E lá estão os dois, em um cantinho da sala, se beijando como se não tivesse ninguém olhando. Não sei se é porque ela tem uma personalidade mais tímida ou se é por causa das histórias que ouvi sobre o ex de Joana, mas não imaginava Jô com ninguém tão cedo.

— O Thiago vai ficar puto se descobrir — Vinícius sussurra.

— Meu Deus, você parece uma velha fofoqueira — comento, mordendo o lábio para conter o sorriso. — Você não vai contar pra ele, né?

— Claro que não! — Ele devolve o sorriso. — O Thiago é um babaca, eu não contaria nem que me pagassem.

Pelo menos, esse parece ser um consenso no Santa Cecília.

CAPÍTULO OITO

—Eles podem mesmo levar uma advertência se alguma irmã pegar os dois? — pergunto entre sussurros, como se alguém pudesse nos ouvir.

— Já vi gente levando advertência por muito menos... — Larissa assente.

Estamos na frente do auditório, no mesmo lugar em que encontrei ela e Joana há alguns dias. Dessa vez, também estou de saia plissada, aproveitando para pegar um sol no meio da tarde. Enquanto estou sentada de pernas cruzadas, observando o colégio ao nosso redor, Lari está com as pernas esticadas e as mãos apoiadas no chão atrás de si, a cabeça tombada para trás, com os olhos fechados, o sol banhando sua pele negra.

Joana, por outro lado, está alguns metros à nossa frente, enfiada em uma fresta entre dois prédios com Renan. Aparentemente, aquele é um lugar usado com certa frequência pelos alunos, porque as irmãs não costumam passar por aqui.

— Você só é pego se algum aluno enxerido do ensino fundamental te dedurar — Lari me explicou hoje mais cedo, quando perguntei como eles podiam estar tão à vontade.

— Você já ficou com alguém lá? — pergunto, curiosa.

— *Todo mundo* já se pegou com alguém lá, Nina — ela diz, como se fosse óbvio. — Em breve vai chegar a sua vez. Talvez com o Vinícius? — Ela abre os olhos para me lançar um olhar malicioso e então os fecha novamente.

— Vocês têm que parar com isso — reclamo, feliz que ela não consegue ver o tom escarlate que com certeza tomou minhas bochechas. — Não é só porque a gente veio da mesma cidade que vamos nos apaixonar e ter filhos.

— E quem falou em se apaixonar? Só uma pegaçãozinha saudável, Nina! — Larissa solta uma risada baixinha.

Por mais que eu queira pensar em *qualquer* outra coisa, não consigo evitar de ser tomada pela imagem de Vinícius e eu aos beijos. Lembro de quando conversamos na casa da Kamila, do olhar intenso que ele me lançou, e minhas bochechas queimam ainda mais.

Sei que não rolou nenhum tipo de clima entre a gente nem nada, até porque Vinícius tem meu número e não me mandou nenhuma mensagem depois daquele dia. Mas essa insistência chata de Joana e Larissa está grudada na minha cabeça e me desviando do meu propósito principal. Tanto que ainda não consegui sondar Vinícius o suficiente para descobrir se ele sabe sobre a foto ou não.

— O professor Maurício tá vindo — sussurro, me empertigando no lugar e espiando Joana e Renan lá do outro lado. Ele está com uma mão na bunda dela e outra no pescoço, sinto quase como se estivesse me metendo em algo que deveria ser completamente privado. — O que a gente faz?

— Nada. — Mas ela finalmente abre os olhos e se ajeita também. — Ele vê isso acontecendo quase todo dia. O ginásio fica embaixo do auditório e ele é professor de educação física, lembra?

— Coitado... — Faço uma careta, imaginando tudo que ele já presenciou.

— Boa tarde, meninas. — Ele nos alcança e, apesar do tom descontraído, está balançando a cabeça de um lado para o outro. — Chamem a Joana e subam.

Eu me apresso em levantar, mas Larissa toma seu tempo enquanto o professor se dirige, sozinho, até o auditório.

Encaro os dois ao longe, ainda atracados como se estivessem sugando o ar um do outro e dependessem disso para sobreviver. Como vamos interromper aquilo? É o tipo de situação que deixaria qualquer um desconfortável.

Menos Larissa.

— Joana! — ela grita a plenos pulmões.

Os dois se separam e Joana se vira para trás devagar. Quando seu olhar encontra o de Larissa, ela revira os olhos. Renan lhe dá um último selinho, e então Joana vem até nós. Mesmo à distância, consigo ver sua boca inchada e vermelha.

Tenho um ímpeto de grunhir um "argh, adolescentes", mesmo sendo *eu* uma adolescente.

⸺⸺⸻

Há uns três minutos, o professor Maurício nos pediu para fazer uma roda no chão do palco e saiu do auditório. Desde então, estou entre Larissa e Joana, roendo as unhas como se tivesse feito algo de errado e estivesse apenas esperando a minha condenação.

As duas parecem um pouco mais tranquilas. Joana até tirou o celular do cós da saia — nossa única opção já que não temos bolsos — e começou a trocar mensagens com alguém que provavelmente se chama Renan.

— Pode ficar tranquila — Lari diz, em voz baixa, para mim. — Ele só pede pra gente fazer uma roda quando vai entregar roteiros. Parece meio cedo, mas como ele quer fazer duas peças esse ano, deve ser isso mesmo.

— Pela demora, ele deve ter esquecido no carro — sussurro de volta, apesar de estarem quase todos conversando e ninguém prestando atenção em nós.

— É a cara dele — Lari concorda com uma risadinha.

Mais alguns minutos se passam antes de o professor voltar, e ele tem certo trabalho para nos fazer ficar em silêncio de novo. Exatamente como Larissa previu, ele está com uma pilha de papéis na mão que, pelo tamanho, só podem ser roteiros.

— Como vocês sabem — ele começa no seu melhor tom de "vou discursar algo importante, fiquem em silêncio!" —, quero fazer uma apresentação de *Dom Casmurro* antes das férias do meio de ano. O que quer dizer que temos menos de cinco meses pra ensaiar e planejar tudo. Parece pouco tempo, eu sei — ele aumenta a voz quando um burburinho se inicia —, mas a maioria de vocês já tá comigo pelo menos desde o ano passado e conheço o potencial desse grupo, tenho certeza que a gente dá conta!

A mão de Larissa aponta com pressa em direção ao teto e tenho que morder o lábio para não rir.

— A gente vai continuar tendo ensaios só duas vezes por semana? — Ela parece genuinamente preocupada.

— A irmã cancela a oficina se eu pedir um dia a mais — Maurício diz com um sorriso, mas dá para ver pelo seu tom que está falando sério. — Vocês estão no ensino médio, a prioridade é *sempre* o Enem. Eu mantenho contato com todos os professores, e se descobrir que alguém está com as notas baixas por causa dos ensaios, vai ser afastado do teatro. Entendidos?

Todos murmuram em concordância. Acho que nunca o vi falando tão sério.

— Mais alguma dúvida?

— A apresentação já tem data? — uma garota de cabelos cacheados, de quem ainda não gravei o nome, pergunta.

— Ainda não, mas já estou tentando conseguir uma vaga no calendário.

— Quando a gente vai saber sobre os papéis? — outro garoto quer saber.

— Semana que vem. — Ele levanta a pilha em seus braços, para indicar que segura o roteiro. — Hoje a gente vai fazer mais algumas leituras e vocês vão levar o roteiro pra casa, pra ver se preferem algum papel específico, e na quinta-feira podem me falar o que acharam. Como eu já conheço vocês, já tenho alguma ideia de como nosso elenco vai ficar, mas também vou levar os pedidos em consideração.

Outro burburinho começa e ele aproveita a distração para distribuir os roteiros.

— Eu vou pedir pra ser a Capitu, óbvio — Larissa sussurra para mim e Joana.

Ainda não tinha parado para pensar se quero um papel de destaque ou não. Apesar de ter voltado para o teatro e estar me acostumando aos poucos a ter a atenção em mim de forma positiva, não sei se estou pronta para uma protagonista. Na Encena, eu estava acostumada a receber papéis grandes, apesar de ter recebido o principal apenas uma vez, mas aqui as coisas são um pouco diferentes.

O professor nos separa em duplas, uma menina e um menino, com exceção de uma dupla que tem duas meninas, e nos pede para fazer a leitura de uma cena logo no início, entre Bentinho e Capitu. Fazemos a leitura todos ao mesmo tempo e ele começa a rodear as duplas, parando em cada um e dando sugestões.

— Eu tenho uma coisa para lhe contar, Capitu — André, o garoto que está fazendo a leitura comigo, diz com emoção demais para o meu gosto.

— Hoje você está mais bonito do que nunca, que cabelos lindos! — Faço minha melhor interpretação de Capitu, apesar de não almejar em nada o papel.

— É sério — ele responde no mesmo tom de antes.

Maurício para ao nosso lado, em silêncio. Por mais que eu queira muito estudar suas expressões para descobrir o que ele está achando, me forço a encarar o roteiro e ler minhas falas, apesar de sentir a hesitação na minha voz por estar sendo observada. Bem quando imagino que vai fazer algum apontamento sobre isso, ele se afasta. A gente deve estar melhor do que eu achava. Não consigo conter um sorriso satisfeito, embora a cena seja um tanto dramática.

Então, o professor começa a bater palmas para chamar nossa atenção novamente. Viro em sua direção, confusa, sem entender o que está acontecendo.

— Pessoal, pessoal, silêncio! — ele pede lá debaixo, ao lado dos primeiros assentos.

Maurício tem um sorriso enorme e empolgado no rosto, parece uma criança prestes a contar uma novidade. Suas mãos estão apoiadas sobre o ombro de um aluno, quase da sua altura.

Meus olhos viajam pelo seu braço, pelos ombros do aluno até o nariz marcado que passei a conhecer bem.

— Vocês todos devem conhecer o Vini, né? Sei que vocês adoram matar aula nos testes do coral — ele continua, empolgado, como se meu coração não tivesse parado de bater bem na sua frente. — Ele concordou em fazer a trilha sonora da nossa peça este ano.

Vinícius abre um sorriso tímido, seu olhar passeando por todos os alunos até parar no meu. Vejo seus lábios se abrirem ainda mais, enquanto os meus formam uma linha fina. Sinto todo meu sangue sumir do rosto.

— Obrigado pelo apoio. — O professor dá dois tapinhas no ombro dele e então se vira para nós. — Podem se acostumar com a plateia, que ele vai ficar bastante por aqui!

CAPÍTULO NOVE

— Vocês vão dormir na sala mesmo? — minha mãe pergunta pela quarta vez. — Você não acha que vai ser meio desconfortável?

— É melhor por causa da TV, mãe — resmungo enquanto coloco a mesinha de centro em um canto. — A gente combinou de ver alguns filmes da Marvel.

— Tudo bem, tudo bem — ela concorda, andando de um lado para o outro com o lençol na mão.

Quando paro para encará-la, ela finalmente percebe o que está fazendo e se volta para o colchão no chão.

Ainda não sei como, mas meu pai e eu a convencemos de que eu poderia dar uma "festinha do pijama" em casa hoje à noite. Foram dias argumentando que não seria nada demais, que eram apenas duas amigas e que nada sairia do controle.

Claro que ela ligou para os pais de Larissa e Joana e tirou o máximo de informação que conseguiu deles, mas o importante é que acabou aceitando. Agora que o dia finalmente chegou, ela parece um pouco arrependida. Eu arriscaria dizer que está mais nervosa do que eu, como se fosse sua festinha e suas amigas, não minhas.

Tenho vontade de perguntar o que aquela youtuber tem a dizer sobre isso, mas ela levaria como uma alfinetada — e tudo bem, é mesmo — e a gente acabaria numa briga. E hoje não é dia de brigar. É dia de comemorar que a vida está, de uma vez por todas, voltando ao normal.

Talvez ela não tivesse me deixado ir se a festa fosse na casa de *outra pessoa*, mas um passo de cada vez. Uma vitória por dia.

— Que tal se eu fizer brigadeiro? — Meu pai surge na porta, tão empolgado quanto eu.

— *Por favor* — respondo.

As coisas parecem estar mesmo caminhando na direção certa: o brigadeiro do meu pai é o melhor do *mundo*! Em um ímpeto, atravesso a sala até onde ele está e o abraço pela cintura. A noite de hoje está acontecendo muito mais por causa dele do que minha. Ele afaga minha cabeça com carinho e então nos deixa sozinhas de novo.

Quando me viro, pego minha mãe me encarando, os olhos marejados. Ela desvia o olhar para longe por um momento e então volta a me encarar.

— Eu sei que as coisas têm sido difíceis pra você, filha, mas eu tô muito orgulhosa. — Minha mãe torce as mãos, como se não soubesse o que fazer com elas, mas não afasta mais o olhar. — Você tem sido muito madura com tudo isso e eu sei que às vezes sou meio dura, mas estou muito feliz que você esteja fazendo novas amigas e seguindo em frente.

— Eu sei — mordo a parte de dentro da bochecha, sentindo meus olhos arderem —, e sei que você tá fazendo o melhor que pode também.

Ela abre um sorriso que não chega aos olhos e dá alguns passos em minha direção, tocando as mãos em meus ombros.

— Às vezes a mãe é chata e superprotetora, mas eu só faço tudo isso porque não quero que você se machuque de novo. — Ela aperta meus ombros e me puxa para um abraço firme.

Meus braços envolvem sua cintura com mais veemência que o necessário, e fecho meus olhos com força para evitar que as lágrimas comecem a escorrer. Hoje era para ser uma noite divertida, não emotiva.

Antes que ela me solte, a campainha toca e nós duas nos assustamos. A gente se afasta, mas ela me observa por mais um momento.

Devolvo seu olhar, percebendo, pela primeira vez, como parece cansada — talvez até mais velha. Minha mãe sempre foi do tipo vaidosa, que faz botox preventivo, passa mil cremes no rosto à noite e vai ao salão toda semana. Ela me teve com trinta e cinco anos depois de muito esforço para engravidar, o que significa que sempre foi mais velha que as mães das minhas amigas. Ainda assim, todas elas falavam com inveja sobre como ela parecia uns dez anos mais jovem.

Agora, parece que ela envelheceu pelo menos uns cinco anos nesses últimos meses.

— Eu atendo — meu pai grita, me arrancando de meus devaneios.

Não vou me preocupar com isso hoje. Não é minha culpa.

Não. É. Minha. Culpa.

⋙ ⋘

— Qual vocês querem agora? — pergunto, passando pelo catálogo na TV.

Nós acabamos de assistir a *Vingadores: Era de Ultron*. É a segunda vez que assisto e, da mesma forma que da primeira, não consigo entender por que as pessoas gostam *tanto* desses filmes da Marvel. Não que eles sejam ruins, mas nunca entendi como super-heróis ficaram tão em alta de repente. Por mim, a gente passava a noite toda assistindo a comédias românticas ou a um daqueles dramas de chorar.

— O do Thor — Joana diz.

— O próximo dos Vingadores, né? — Larissa responde na mesma hora.

As duas se encaram e então se viram para mim.

Se eu fosse escolher um filme qualquer, não seria nenhum dos dois, mas como concordei em fazer uma noite de Marvel — Joana pareceu *tão* empolgada quando Lari deu a ideia, que não tive coragem de dizer que não fazia muito meu estilo —, não me resta nada além de desempatar.

— Vamos ver a sequência. — O desânimo está óbvio na minha voz, mas nenhuma das duas parece notar.

Enquanto procuro na TV, Larissa me passa o pote de brigadeiro. O último filme foi acompanhado por uma pipoca que minha mãe fez e agora estamos dividindo o brigadeiro do meu pai — ambos ficaram perfeitos.

— Sabe quem falou comigo? — Larissa começa, em um tom deliberado de suspense.

— Quem? — é Joana quem pergunta.

Eu apenas continuo procurando o filme. Apesar de as duas fofocarem bastante na minha frente, ainda não conheço metade das pessoas de quem elas falam, o que significa que não entendo a maioria das fofocas.

— O Vinícius. — O olhar dela queima sobre mim.

E é claro que seleciono o filme errado sem querer.

As duas soltam uma risada e minhas bochechas esquentam ainda mais. Tento fingir que o assunto não é do meu interesse e fico com os olhos fixos na TV, mesmo sabendo que não estou enganando ninguém.

Mas, sem dúvidas, a reação é apenas porque ainda não consegui descobrir se ele sabe alguma coisa sobre a foto ou não.

— E o que será que ele queria? — Joana indaga em um tom forçado, claramente tirando sarro da minha cara.

— Ele queria saber sobre uma amiga minha, se ela poderia estar interessada ou...

Finalmente paro de fingir que não é comigo e encaro Larissa, os olhos semicerrados.

— Você tá mentindo! — Cruzo os braços.

Mesmo que Vinícius não saiba sobre a foto — o que é bastante improvável —, ele não estaria interessado em mim, a gente mal se conhece!

— Juro que é verdade! — Ela ergue as mãos em frente ao corpo, uma expressão divertida no rosto.

— E o que você falou? — Joana pergunta, empolgada, antes que eu possa reagir.

— Falei que não tinha certeza, mas que parecia que ele mexia com ela de alguma forma...

— Larissa! — Fecho os olhos com força, sentindo vontade de bater nela, em mim mesma e até em Vinícius.

É claro que ele mexe comigo de alguma forma, mas não porque estou interessada nele! Vinícius me deixa nervosa porque estou sempre me perguntando o que ele sabe e quanto tempo vai demorar para contar para todo mundo.

Só que eu não posso falar isso para as duas. Por mais que eu confie nelas — não tanto assim porque mal as conheço —, a proposta da mudança era deixar tudo para trás. E isso significa nunca mais tocar no assunto da foto.

Isso deveria significar nunca mais nem pensar na foto! Só que, infelizmente, existe uma pessoa do meu passado que me impede de fazer isso e que agora acha que estou a fim dele!

Quero bufar de frustração, mas preciso me controlar.

— Você não devia ter falado isso — digo, em um tom desanimado.

— Por quê? — Larissa pergunta.

— Você tem um namorado na sua cidade? — Joana também parece bastante interessada no assunto.

— Não, não tenho — encolho os ombros e encaro o chão, tentando manter as emoções sob controle —, mas tenho um ex.

— E você ainda gosta dele? — Lari insiste.

— Nem um pouco. — Solto uma risada de escárnio só de imaginar nós dois ainda juntos depois de tudo que aconteceu. — Se eu sinto alguma coisa por ele, é ódio.

— Meu Deus, o que rolou? — Joana se aconchega no sofá e consigo ver em seus olhos como ela está empolgada com a perspectiva de *eu* contar uma fofoca para variar.

Eu definitivamente não deveria ter falado isso.

Então, resolvo desviar o assunto para algo que pareça minimamente interessante já que elas até se esqueceram do filme a essa altura.

— Vocês prometem que não vão rir da minha cara?

— Claro! — elas dizem em uníssono, tão envolvidas na fofoca que tenho que conter a risada.

— Eu até acho o Vini bonitinho, mas ele... — Aproveito para me divertir um pouco com a situação e faço um suspense muito maior que o necessário. — Ele usa o mesmo perfume do meu ex.

— Mentira! — Joana solta uma risada meio chocada.

— Ah, isso é fácil de resolver. — Larissa abana a mão, como se não fosse nada demais. Até porque realmente não é. E então ela arregala os olhos, empolgada. — Já sei!

— O quê? — Olho para Joana, querendo entender o que está acontecendo, mas ela parece tão confusa quanto eu.

— Eu sei que é meio em cima da hora — Lari se ajeita no colchão no chão, ficando de joelhos, inclinada na minha direção —, mas no fim de semana que vem tem a festa de quinze da Alice.

— Quem é Alice? — pergunto ao mesmo tempo que Joana resmunga:

— Não sei se você pode sair convidando...

— Claro que posso, ela é minha prima! — Ela parece extremamente satisfeita consigo mesma pela ideia. — *Todo mundo* vai e ela é super-rica, então vai ser incrível.

— Mas ela é do nosso ano? — Não seria horrível eu participar da festa de uma garota que eu nem sei em qual ano estuda?

— Sim, ela entrou um ano adiantada porque é muito inteligente e blá-blá-blá. Como se ser rica não bastasse, né? — Larissa revira os olhos, mas o sorriso em seu rosto entrega que não é com maldade. — Eu juro que você não vai se arrepender.

Como a maioria das pessoas chega aos quinze no primeiro ano do ensino médio, acabei participando de apenas duas festas ano passado, as únicas que foram antes de a minha foto vazar. Depois disso, continuei sendo convidada para a maioria — não todas —, mas não tive vontade nem coragem de ir a mais nenhuma.

Por mais que eu não conheça essa tal de Alice e talvez não devesse me empolgar muito com uma festa dela, a ideia de poder finalmente aproveitar coisas normais que foram tiradas de mim me deixa animada.

O único problema vai ser convencer meus pais. Se já foi uma briga para um encontro casual na casa da Kamila, imagina uma festa de quinze anos!

CAPÍTULO DEZ

Uma das vantagens de ser de outra cidade é que posso repetir o vestido que já usei em uma festa de quinze sem ninguém perceber. Como ganhei alguns quilos nesse último ano, tive que pedir para uma costureira fazer alguns ajustes. Foi feito às pressas, mas ficou tão bom que é praticamente imperceptível.

Eu me olho no espelho enquanto Larissa está distraída tentando ajustar o emaranhado de fios nas costas do vestido de Joana, e, pela primeira vez em quase um ano, me sinto genuinamente bem comigo mesma. Estou usando um vestido de um ombro só, com um elástico logo abaixo do seio que faz com que a saia fique solta da barriga até o meio da coxa. É um modelo bastante simples, que não chama muita atenção, mas seu principal detalhe é que ele começa preto nos ombros e tem um degradê até ficar em um cinza-claro na barra.

Não levei o convite das duas tão a sério porque tinha certeza de que minha mãe jamais me deixaria ir. Como eu esperava, quando ela desceu as escadas naquela noite e Lari a chamou de tia, pedindo "por favorzinho" para ela me deixar ir, minha mãe soltou uma risada sarcástica e disse "de jeito nenhum!".

Teria sido o suficiente para estragar minha noite se Larissa e Joana não fossem tão divertidas e não tivessem conseguido me animar logo em seguida.

No dia seguinte, abordei o assunto no café da manhã só para descobrir que ela nem sequer tinha contado ao meu pai. O que, é claro, me deu esperanças de que ele conseguiria convencê-la novamente.

Tive que passar mais dois dias me corroendo pela raiva de não ser digna de nem um pouquinho de confiança da minha mãe, até que os dois me chamaram para uma conversa durante o jantar.

— Eu e sua mãe conversamos e achamos que tá na hora de você ter um pouco mais de liberdade. — Meu pai começou, as mãos cruzadas sobre a mesa, em um tom sério que não é nada do seu feitio. — Então, se você ainda quiser ir naquela festa de quinze anos, pode ir com algumas condições.

— Nada de bebidas — minha mãe o interrompeu — e sou eu que vou te levar e te buscar!

— Feito! — concordei na mesma hora, praticamente pulando na cadeira de felicidade.

— Se eu souber que você saiu um tiquinho que for da linha, vai ficar de castigo por um mês! — ela ameaçou, mas com um sorrisinho discreto no canto dos lábios.

Levantei em um pulo para dar um abraço e um beijo de agradecimento em cada um deles, e depois corri para meu quarto para mandar uma mensagem avisando Larissa e Joana no grupo que fizemos só para nós três.

Mas minha felicidade murchou um pouco naquela noite, quando meu pai entrou no meu quarto, sentou na minha escrivaninha e me pediu para ter um pouco mais de paciência com a minha mãe.

— A mudança tá sendo bem difícil — ele disse, no seu tom conciliador de sempre. — Ela tá sentindo muita falta das amigas, e aquele grupo dela não ajuda em nada.

— Que grupo?

Meu pai fez uma careta, como se tivesse falado mais do que deveria.

— Ah, sabe como é... — Ele parou e me encarou, mas a minha expressão de "não sei" foi o suficiente para ele continuar: — Ela entrou num grupo de mães no WhatsApp...

— Ah, não! — Já bastavam os canais de maternidade a que ela assiste, agora mais isso.

— São algumas mães de todo o Brasil que ela conheceu na internet, não sei. — Ele balançou a cabeça, como se entendesse tão pouco quanto eu. — O problema é que nem todas elas ajudam, algumas acham que sua mãe devia te dar mais liberdade, outras que ela tá dando liberdade demais. Aquele grupo é uma selva!

— E o que *eu* acho? — perguntei, indignada. — O que *você* acha?

— A gente tá trabalhando nisso! — Ele tentou me acalmar. — Só precisamos ter um pouquinho mais de paciência.

— Por qual de vocês eu começo? — Joana pergunta, me tirando de meus devaneios.

Aparentemente, Larissa conseguiu ajeitar os fios entrelaçados nas costas dela e agora as duas estão me encarando, tentando decidir qual de nós vai ser maquiada primeiro.

Quando contei que iria à festa, avisei que não levo o menor jeito com maquiagem e que precisaria de ajuda, e as duas me garantiram que Joana era uma ótima maquiadora.

— Pode ser por mim — digo, sentando na cama.

Preciso de alguma coisa para me distrair antes que o nervosismo e as lembranças ruins me consumam.

⇛ ⇚

As festas de quinze anos das quais fui em Floripa me deixavam nervosa, mas essa, além de me fazer passar o caminho todo batendo o pé no chão, me deixa com o estômago embrulhado.

Quando chegamos, há uma pequena fila de pessoas na porta, onde dois seguranças checam as identidades, enquanto alguns grupinhos de adolescentes estão ao redor. Larissa e Joana logo pulam para fora do carro, mas eu fico ali por mais um momento, contendo a vontade de roer as unhas recém-pintadas.

— Três em ponto eu tô aqui, tá? — minha mãe avisa, naquele tom de "não adianta nem discutir", porque ela sabe que eu pediria mais tempo se pudesse.

— Tá — respondo, mas não saio do carro.

Meus olhos ainda estão fixos nos adolescentes que andam pra lá e pra cá, se cumprimentam e avaliam uns aos outros de cima a baixo. Mesmo assim, sinto o corpo da minha mãe relaxar ao meu lado.

— Você tá linda, filha — ela diz em um tom mais tranquilo. — E tenho certeza de que vai dar tudo certo. Você já fez duas amigas que parecem muito legais, vai fazer outras.

— Eu sei. — Aperto minhas mãos na bolsinha pequena em meu colo e olho para minha mãe.

Noto, mais uma vez, como ela parece cansada. Ainda não são nem dez horas, mas duas olheiras já se formaram sob seus olhos e ela parece precisar de uma semana completa de sono para voltar ao normal.

— Tá bom, tá bom. — Ela abre um sorrisinho e mexe as duas mãos, como que me enxotando do carro. — Eu venho às quatro! Agora vai logo.

— Obrigada, mãe. — Abro um sorriso não muito animado e me forço a sair.

Lari e Joana estão me esperando do lado de fora, Larissa quase pulando porque quer entrar logo.

Quando pegamos a fila para checarem nossa identidade, sou acometida por um medo absurdo de meu nome não estar na lista. Se isso acontecer, minha mãe nunca mais me deixa sair de casa. Eu mesma talvez não queira, pela vergonha. Mas dá tudo certo e logo somos encaminhadas para a mesa de presentes, onde deixo a pulseira bem básica que comprei por não fazer ideia do que dar.

Subimos por uma escada toda decorada com balões e tecidos em vermelho e logo estamos no salão.

Por um momento, me sinto em um clipe brega da Taylor Swift. Posso jurar que todos os olhares estão virados para nós e que as pessoas cochicham ao nosso redor. O que seria impossível de saber, mesmo que fosse verdade, porque uma música alta preenche o salão.

— Foto! — Lari grita por cima da música, levantando o celular em frente à nossa cara.

Larissa tira uma sequência de fotos, algumas de nós três fazendo careta, e se afasta para pegar bebida. Meu impulso é pedir que ela não beba. Lari vai dormir na minha casa e minha mãe deixou bem claro que não queria nada de bebidas. Mas ela se referiu *a mim*, não foi? Não falou nada sobre as meninas que vão dormir lá.

Então, como não quero ser estraga-prazeres, guardo isso para mim.

— Vou procurar o Renan — Joana diz ao pé do meu ouvido. — Se o Thiago aparecer perguntando por mim, pode dizer que eu não vim.

De repente, estou na entrada do salão completamente sozinha. Sei que elas não fizeram por mal e que Larissa deve estar de volta a qualquer momento com sua bebida, ainda assim, me arrependo de ter vindo. O que eu estava pensando quando concordei em ir a uma festa na qual conheço pouquíssimas pessoas? E a aniversariante nem é uma delas!

Aperto minha bolsinha e ando em direção a uma das mesas, decidida a me sentar em um canto e ficar mexendo no celular como se fosse exatamente isso que planejei o tempo todo. Estou de costas para a pista de dança, prestes a me sentar, quando sinto uma mão no ombro desnudo que me faz pular.

— Desculpa! — Vinícius se apressa, um risinho baixo escapando de seus lábios. — Desculpa, não queria te assustar.

— Não foi nada. — Balanço a mão, mesmo que meu coração esteja batendo no dobro da velocidade.

Mas talvez, só talvez, isso não tenha nada a ver com o susto.

Vinícius está parado na minha frente em toda a sua altura, vestindo um terno. Não consigo evitar que meus olhos passeiem pela extensão de seu corpo, analisando o caimento da roupa social, e menos ainda que meu coração pule uma batida com isso.

O que é que tem de tão mágico e inexplicável em garotos com ternos que os deixa automaticamente irresistíveis?

— Boa noite — ele diz, meio sem graça, como se tivesse se tocado de repente que não me cumprimentou, e se aproxima para me dar um beijinho de leve no rosto.

Respiro fundo, de olhos fechados, e aperto seu braço com força por impulso. Sinto uma onda que vai de onde ele encostou na minha bochecha até as pontas dos meus pés, que se curvam dentro do salto. Tudo isso porque minhas narinas não são invadidas pelo cheiro de Brendon. Não, sou agraciada por um cheiro almiscarado e cítrico mil vezes melhor que o anterior.

Algo me diz que não é apenas coincidência.

Quero morrer por Larissa ter contado a ele, ainda mais — e de um jeito muito melhor — porque ele trocou de perfume.

Por minha causa.

CAPÍTULO ONZE

A Catarina chorona e emotiva dá as caras várias vezes durante a festa. Primeiro quando a aniversariante entra com seu vestido dourado esvoaçante todo rendado, depois quando ela e o irmão mais velho dançam juntos e mais ainda quando seu pai assume a dança.

Nessa hora, preciso apertar os cantos dos olhos com os dedos para garantir que nenhuma lágrima vai escapar e borrar a maquiagem.

Lari fica ao meu lado o tempo todo, ainda mais emocionada que eu — o que faz sentido, já que Alice é sua prima. Joana, por outro lado, sumiu desde que foi procurar Renan no início da festa. Se eu tivesse que adivinhar, diria que ela está metida em algum canto com ele, como alguns outros casais que vi ao longo da noite.

Depois que todas as formalidades acabam e a aniversariante vai para a pista de dança, Lari me puxa pela mão e me convida para dançar também.

— Veeeeem! — Sua voz já está um pouco mais arrastada por causa da bebida.

— Mas eu não sei dançar. — Devolvo com uma careta, enquanto ela me arrasta mesmo assim.

— Não precisa saber! — Lari abre um sorriso e olha para as minhas mãos vazias. — Talvez se você bebesse só um pouquinho...

— Não — interrompo, balançando a cabeça para dar ainda mais ênfase.

— Tudo bem. — Ela dá de ombros e começa a dançar, como se não tivesse ninguém ao nosso redor.

Tento acompanhá-la, mas pareço um daqueles bonecos infláveis de posto, balançando as mãos sem nenhum resquício de ritmo. É tão ridículo que preciso me segurar para não rir de mim mesma.

Tento me soltar e não me importar com o que os outros pensam, mas não consigo me desligar completamente. Não quando meus olhos varrem o salão em busca de uma pessoa.

Eu e Vinícius conversamos um pouco no início da festa. Ele brincou que eu estava me entrosando rápido demais se já estava sendo convidada para as festas de quinze, e eu disse que estava aqui porque a aniversariante é prima de Larissa. Depois disso, ficou um silêncio um pouco desconfortável, ele me encarando com uma intensidade desconcertante e meu coração martelando no peito. Eu fiquei o tempo todo com uma sensação de que *algo* estava prestes a acontecer, mas não acontecia.

Foi Larissa quem nos salvou da situação constrangedora, quando voltou com uma cerveja e disse que um amigo de Vinícius estava chamando por ele — eu até achei que fosse apenas uma desculpa, mas ela ficou bem irritada, porque queria que a gente ficasse mais tempo sozinhos.

Como tem muita gente na festa, demoro um pouco para encontrá-lo. Primeiro, meus olhos varrem a pista de dança e depois vão para as mesas ao redor. A cada casal que avisto, meu coração pula até eu ter certeza de que não é Vinícius. O que é uma reação bastante idiota, porque não tenho nada a ver com quem ele beija ou deixa de beijar.

Mas Vinícius está sentado à mesa, conversando com outro garoto, a uma distância segura o suficiente para eu saber que não tem nada rolando entre eles. Vinícius está com um copo na mão e gesticula com a outra, claramente falando sobre algo que o empolga.

Quase que instantaneamente, ele vira a cabeça na minha direção e me encara, como se nossos olhos fossem ímãs. Um arrepio percorre todo meu corpo e minhas pernas começam a formigar, o que me obriga a parar com o movimento de um lado para o outro que eu chamo de dança. Pelo menos assim não vou passar tanta vergonha.

Desvio o olhar para o outro lado do salão e me obrigo a respirar fundo para tentar me acalmar. Eu não deveria estar reagindo assim. *Não posso* ficar tão balançada por Vinícius. O que está acontecendo?!

— Preciso de uma água — digo para Larissa, com a garganta seca.

Ela faz um joinha com a mão e continua dançando, então me afasto. Vigio o caminho sob meus pés tanto para evitar de cair — nunca fui muito boa com saltos — quanto para não procurar Vinícius novamente.

O barman me entrega uma garrafa d'água e meus dedos trêmulos têm dificuldade para tirar a tampinha, mas, quando consigo, sinto o alívio instantâneo do líquido gelado descendo pela garganta.

— O que você tá achando? — A voz grossa e a mão gelada em meu ombro me pegam tanto de surpresa que solto um grito agudo e pulo no lugar, derrubando um pouco de água no chão.

— Meu Deus, Vinícius! — Levo a mão ao peito.

— O que tá acontecendo com você hoje? — Ele solta uma risada grave que arrepia todos os pelinhos dos meus braços.

Respira fundo. É só respirar fundo! Você está reagindo com exagero a tudo porque não está mais acostumada a festas, apenas isso. E definitivamente não está acostumada a ver garotos bonitos de terno. Isso devia ser *proibido*!

— Nada, só tô... distraída — digo a primeira coisa que me vem à mente, uma voz esganiçada que me trairia se a desculpa já não fosse ridícula o bastante.

— Hm... — Ele me olha de soslaio e dá um gole no que parece uma batidinha de morango.

Estou tão fora de mim que quase peço um gole para me acalmar, mas me lembro do que minha mãe me disse. Nenhum garoto vale a minha liberdade.

— O que você tá achando da festa? — Ele se aproxima um pouco, falando mais perto do meu ouvido.

Mais uma vez, sou acometida pelo aroma de seu perfume novo, uma fragrância que já está registrada na minha mente como "cheiro do Vinícius", com uma etiquetinha, bem pequeninha, dizendo "que cheiro gostoso!".

— Tá ótima. — Me forço a recobrar a compostura. — Eu tava com saudade de festas de quinze.

— Eu também — ele concorda e dá mais um gole. — Como era novo ano passado, fui convidado só pra umas três.

— Eu também não fui em muitas festas desse tipo — comento, me arrependendo na mesma hora, já pensando no que ele vai perguntar.

Mas Vinícius abre um sorriso maroto e fala mais baixinho.

— E quem disse que eu não fui nas outras? Entrei de penetra em várias.

Minha reação automática é rir e dar um tapinha de leve no braço dele. Mas, por algum motivo, em vez de me afastar, abaixo a mão devagar e é como se ela ficasse grudada na base da manga dele, quase encostando em seus dedos. Os olhos dele param ali por um momento e ele mexe o braço de leve, apenas o suficiente para encostar a pele na minha.

Quando seus olhos encontram os meus novamente, meu coração bate por todo o corpo, mas especialmente onde ele encosta. Sei que meu rosto está vermelho, mas não consigo me importar com isso. Não consigo pensar em mais nada além de seus olhos verdes encarando os meus e no quanto seria fácil dar um passo para a frente e ficar na ponta dos pés. Eu poderia apenas roçar meus lábios nos dele, da mesma forma que nossas mãos mal se tocam, que já seria o suficiente.

Quem toma a iniciativa é Vinícius. Ele dá um passo para a frente, a cabeça virando levemente para baixo, ao mesmo tempo que inclino meu queixo só um pouquinho para cima. Nesse instante, é como se estivéssemos em um ambiente só nosso, não em uma festa com centenas de convidados que gritam ao nosso redor.

Só existimos eu e Vinícius. Seu cheiro é tudo que sinto, seus olhos são tudo que vejo, e o ruído de sua respiração é tudo que ouço.

Até que sinto meu peito molhado de repente, tão gelado que dou um pulo para trás e esbarro em alguém que está passando.

— Cuidado, pô! — esse alguém grita atrás de mim.

Mas mal presto atenção, tentando entender o que houve.

Vinícius me encara, a boca escancarada em surpresa — e, se eu não estiver enganada, em divertimento! —, enquanto ele olha do seu copo vazio para o meu peito encharcado e de volta para seu copo vazio.

— Nina! Desculpa! — Ele se aproxima estendendo as mãos.

Não sei se ele realmente pretendia *tocar meu peito*, mas dou um tapa para afastá-lo.

— Não foi nada! — Tento manter a voz firme.

A Nina chorona está de volta. Não sei se é por termos quase nos beijado — tenho *quase* certeza de que isso teria acontecido se não fosse pelo acidente, preciso conversar com Lari e Joana depois —, se é porque talvez meu vestido esteja imprestável ou se só estou triste porque estava muito bom para ser verdade. Mas o fato é que preciso de todo esforço do mundo para correr até o banheiro sem chorar.

Tem mais três garotas lá dentro quando chego. Elas me olham de cima a baixo, os olhos se demorando um pouco no peito molhado, e então voltam a sussurrar entre si.

Vou direto para o papel-toalha e me seco o melhor possível. Já consigo sentir o vestido grudando na pele, mas não tenho o que fazer. Pelo menos, não parece que vai manchar ou estragar, só vai ficar com um aspecto meio estranho até o fim da festa — graças a Deus, o vestido é tão escuro que mal dá para perceber.

— Tá, mas você viu? — uma das meninas pergunta.

Não quero fuxicar a conversa alheia, mas é difícil não prestar atenção quando não se tem mais nada para fazer em um banheiro de festa.

— Não, mas a Luana me falou! — outra delas responde.

— Ela tava *pelada*? — a primeira pergunta, com ênfase na última palavra, como se ela fosse suja.

Meu coração dispara no peito e eu olho para elas através do espelho. Nenhuma delas parece perceber que ainda estou aqui. Não poderia ser a minha foto, poderia? Se fosse, elas teriam se interessado mais por mim quando entrei, não teriam?

— Mais ou menos, ela tava sem blusa — uma delas, que eu já nem sei mais qual é, responde.

Um zunido preenche meus ouvidos e sou obrigada a me segurar com força na bancada do banheiro.

Meu Deus, minha foto vazou de novo.

Minha foto vazou de novo!

Como isso foi acontecer? Será que foi o Vinícius?

Meu Deus, meu Deus, meu Deus!

— Tá, mas o que ela tava fazendo no vídeo? — A voz atravessa o zunido até chegar a mim.

Estou tão desnorteada que demoro um momento para assimilar as palavras e entender: não sou eu. Elas não estão falando de mim! Eu nunca gravei um vídeo, só tirei aquela maldita foto.

Estou segura. Minha foto não vazou. Está tudo bem.

Minha respiração continua acelerada e as lágrimas ainda ameaçam descer pelo meu rosto. Então me obrigo a seguir a técnica que a psicóloga ensinou para me acalmar e respiro devagar, contando cada lufada de ar que preenche meus pulmões.

— E tem certeza de que era ela mesmo? — Elas continuam a conversa sem nem perceber que estou praticamente tendo um ataque de pânico logo ao lado.

— Absoluta. — Outra confirma. — Foi o próprio Thiago que mostrou.

— Meu Deus, eu não esperava isso logo da Joana, ela parece tão certinha — uma diz com uma risada envergonhada.

E então, finalmente, entre a neblina que se instalou no meu cérebro por causa do surto, consigo fazer a conexão: Thiago e Joana.

Elas estão falando da *minha* Joana!

CAPÍTULO DOZE

Não sei quanto tempo fico parada em frente à pia, me encarando no espelho e segurando a bancada com força. Só percebo que estou nesse estado catatônico quando as três garotas me olham feio e saem do banheiro.

Tem um vídeo íntimo da Joana circulando.

Se eu achava que tinha ficado mal por descobrir que Vinícius estudava no Santa Cecília, era porque não fazia ideia de como seria horrível saber que outra garota teve sua intimidade vazada. E uma das minhas amigas!

Tenho que colocar a mão em frente à boca para me impedir de vomitar.

Não faço ideia de quanto tempo fico naquela mesma posição, com a cabeça a mil. Lembro de quando minha foto vazou e de como isso virou minha vida de cabeça para baixo. Sinto uma dor tão profunda; uma mistura das lembranças dolorosas com a ideia de tudo que Joana vai passar daqui para frente.

Enfim, sou tirada de meu torpor por Larissa. Ela entra no banheiro cambaleando um pouco, rindo de algo que não faço ideia do que é.

— O Vini tá todo… — E então ela me vê.

Apesar de ter passado esse tempo todo encarando o espelho, não tinha parado para me olhar de verdade. Minha maquiagem está toda borrada com lágrimas que eu nem tinha percebido que escorriam.

— O que aconteceu? — Seu semblante muda de repente e ela se aproxima, colocando suas mãos em meus ombros. — Você tá bem? O Vini fez alguma coisa?

— Não. — Minha voz sai mais firme do que esperava.

Encaro os olhos preocupados de Larissa sem saber o que fazer. Quando minha foto vazou, eu só queria que as pessoas esquecessem e parassem de falar sobre isso, então tudo que *não* quero é espalhar ainda mais a fofoca. Mas é fofoca se eu estiver contando para a melhor amiga de Joana? Ainda mais se minha intenção não é fofocar e sim descobrir a melhor forma de lidar com essa situação?

— Meu Deus, Nina, você está me assustando! O que foi?

Sei que preciso contar para Joana o quanto antes — se é que ela ainda não sabe a essa altura —, mas será que não seria melhor ela saber pela Larissa? Por mais que a gente tenha se aproximado bastante nas últimas semanas, não dá para comparar com a amizade das duas.

Sei que, quando foi comigo, preferiria ter descoberto por Gisele. Além disso, não tenho certeza se seria capaz de contar para Joana sem cair no choro.

— A Joana... — Começo, sem saber como falar.

Claramente foi um péssimo começo, porque Lari estreita os olhos, ainda mais preocupada.

— O que aconteceu com ela?

— Tinha três meninas aqui no banheiro — agora, sinto as lágrimas que escorrem fervorosas pelo meu rosto —, e elas estavam falando sobre um vídeo da Joana.

— Que vídeo? — Lari parece totalmente sóbria agora. Ela aperta mais meus ombros, como se estivesse tentando arrancar a informação de mim. — Você não tá falando nada com nada, Nina.

— Um vídeo íntimo dela, Lari — falo de uma vez, querendo tirar isso de dentro de mim. — O Thiago mostrou o vídeo para alguém. Eu não sei, eu não vi.

— Não! — A voz dela sai esganiçada e ela tapa a boca escancarada com a mão. — Você tem certeza?

— Tenho — digo de pronto, mas então tento me lembrar das palavras exatas delas. Elas falaram o nome Joana? Eu estava tão nervosa que não me lembro mais de tudo que disseram.

— Não sei... acho que não. Mas elas falaram de um vídeo de uma menina sem roupa, e que foi o Thiago que mostrou. Acho que falaram que era da Joana.

O rosto de Larissa congela.

— Eu *sabia* que isso ia acontecer! — Larissa esbraveja, tão alto que dou um passo para trás. — Quando ela me falou que... eu sabia que esse desgraçado ia... eu vou *matar* ele!

— Você acha que a gente deveria... — Tento começar, mas os olhos de Larissa se viram de um lado para o outro por trás dos óculos, e sei que ela já não está mais me ouvindo direito.

— Quem eram essas meninas? — ela pergunta com firmeza, como se fosse um interrogatório.

— Eu não reconheci nenhuma delas. — Tento me lembrar de qualquer detalhe que ajude a descobrir quem são, mas tudo não passa de um borrão na minha memória. Por que eu tinha que me deixar afetar tanto? — Acho que não são da nossa sala.

— E elas tavam assistindo ao vídeo aqui?

— Não, elas só tavam comentando mesmo, parece que o Thiago mostrou pra alguém.

Larissa solta um som parecido com um rosnado, quase como se ela fosse um cão de guarda.

— O Thiago vai pagar por isso — Larissa diz em um tom baixo e áspero. — Juro que vai.

E então ela marcha para fora do banheiro sem nem um traço de dúvida em seu andar.

A Larissa fofa e empolgada que conheço se foi, a garota que está na minha frente é uma versão quase irreconhecível e muito mais determinada dela.

— Nina? — Vinícius está ao lado da porta do banheiro e tenta nos acompanhar com passos apressados. — Eu ouvi vocês gritando, tá tudo bem? — Seus olhos passam do meu busto até meu rosto. — Você tava chorando? Desculpa, foi sem querer! Eu não queria...

— Não é isso. — Balanço a cabeça.

— Você viu a Joana? — Larissa para e se vira de repente, o corpo quase se chocando com o meu.

— A Joana? Só mais cedo com o Renan, por quê? — Vinícius parece tão confuso que sinto uma vontade repentina de rir.

E então de chorar.

— Eu achei que você estivesse procurando o Thiago — digo.

— É claro que não. — Sua voz está tão irritada que quase me encolho, e preciso me lembrar de que não é comigo que ela está brava. — Eu quero achar a *minha amiga*.

Olho ao nosso redor, procurando Joana ou Renan, mas o que encontro são várias pessoas nos encarando e conversando. Dessa vez, sei que não sou o alvo da fofoca. Estão olhando na direção de Larissa, a melhor amiga da garota que gravou um vídeo para alguém em quem confiava e foi traída.

A garota que teve seu futuro arruinado pelo ex-namorado. Por mais que não seja eu, é quase tão doloroso quanto.

— Ela tá lá! — Vinícius aponta para trás de mim, fazendo Larissa e eu nos virarmos ao mesmo tempo.

Joana está sentada em uma mesa com Renan. Os dois conversam e trocam carícias, como se o mundo não estivesse caindo à volta deles. Joana está tão feliz e com um olhar tão apaixonado que quase peço para Larissa esperar, deixar que ela curta essa vida que não vai existir mais pelo máximo de tempo que puder.

Mas não consigo sequer dar a sugestão. Larissa já está marchando na direção da amiga, enquanto eu e Vinícius ficamos para trás, apenas olhando.

Assisto quando Lari pede licença a Renan e se senta na mesa com Joana. Quando ela pega as mãos da amiga nas suas e se inclina para frente, provavelmente sussurrando a pior notícia que Joana já recebeu.

Vejo a expressão de Joana mudar para surpresa e então para puro pavor. Quero correr até lá e abraçá-la. Dizer que sei pelo que está passando e garantir que vai ficar tudo bem, que vamos sair dessa *juntas*. Mas não consigo, até porque não é verdade. Se a primeira coisa que pensei no banheiro foi que minha foto havia vazado de novo, quer dizer que ainda não saí dessa, não é? Talvez eu nunca saia de verdade.

Então fico apenas parada no mesmo lugar, imóvel ao lado de Vinícius, sem fazer absolutamente nada.

CAPÍTULO TREZE

Passo a manhã de domingo deitada na cama com Luna, apesar de não estar cansada. Meu pai entra no quarto algumas vezes para perguntar se estou bem, me convidar para ver TV — uma dessas séries aleatórias que ele e minha mãe acompanham — e perguntar se estou bem *de novo*.

Eles estão preocupados desde ontem à noite, quando liguei para me buscarem à uma da manhã e pedi que levassem Joana e Larissa para casa, em vez de dormirem aqui como tínhamos planejado. Lari e eu tentamos convencer Joana a vir para a minha casa, para lidarmos com a situação juntas, mas ela disse que precisava da própria cama.

Depois de ter contado para ela na festa, Lari fez sinal para que eu me aproximasse da mesa.

— Fica com ela e não deixa ninguém vir aqui — disse em tom firme, diferente da Larissa com quem estava acostumada.

— Aonde você vai? — sussurrei, sem querer que Joana percebesse o quanto eu estava desesperada.

— Vou atrás do Thiago e, se eu não achar esse verme, vou atrás das meninas para descobrir o que está acontecendo.

Antes que eu pudesse pedir para ela *por favor* não me deixar sozinha com Joana, Larissa se foi. Vinícius encarava nós duas ao longe, com uma expressão doída. Dava para ver que queria ajudar, mas ele nem sabia qual era o problema.

Enquanto Joana encarava o tampo da mesa e as lágrimas desciam silenciosas por seu rosto, permaneci sentada ao seu lado, me perguntando o que eu gostaria que me dissessem num momento como aquele.

No meu caso, a descoberta foi um pouco mais traumática. Não foi Gisele, nem nenhuma amiga que me contou. Cheguei um dia no colégio e fui abordada por um garoto fazendo um movimento em frente ao peito, como se tivesse seios. Alguns minutos depois, passei por outro que me chamou de puta.

Então, resolvi finalmente checar o "Prof. Gil News", um perfil no Instagram que funcionava como uma Gossip Girl do colégio. Ninguém sabia quem estava por trás dele, mas a pessoa responsável vivia postando fofocas de todos os alunos. A página era superfamosa e eu costumava entrar todos os dias — como todos os alunos do colégio — para saber quem tinha traído quem ou qual aluno tinha perdido o controle e bebido demais na última festa. Mas, logo naquele dia, eu havia acordado atrasada e saído de casa sem ver se algo novo havia acontecido.

Se eu tivesse olhado, sequer teria ido para o colégio naquela manhã.

Quando finalmente abri a página para entender o que estava acontecendo, dei de cara com a minha foto. Ela estava censurada, com uma barra preta em frente aos meus seios, mas meu rosto estava à mostra.

Era uma foto que eu tinha mandado para o meu ex-namorado. Brendon era um dos garotos mais populares da escola e fazia parte do mesmo grupo de amigos que eu. A gente tinha certa amizade, mas nunca imaginei que ele fosse se interessar logo por mim.

Nós começamos a sair aos pouquinhos. Fomos ao cinema duas vezes. Eu dizia para Gisele que a gente só estava ficando, que com certeza não era a única, mas a verdade era que já estava completamente apaixonada. Brendon é aquele tipo de pessoa magnética, que faz você sentir que ele está te dando toda a atenção do mundo e que você é, sim, única. Além de ser absolutamente lindo.

Então ele me pediu em namoro e era como se minha vida de verdade tivesse recém-começado. A gente passeava pelo colégio de mãos dadas, saía quase toda tarde e ele queria conhecer meus pais — apesar de eu ter muita vergonha e ficar sempre adiando esse dia.

Esse dia e também a hora de dar o próximo passo.

A maior parte das minhas amigas ainda era virgem, incluindo Gisele, mas todas que perderam a virgindade tinham namorados maravilhosos como o meu. A própria Gi vivia me perguntando do que eu tinha tanto medo, já que ele era tão carinhoso e eu o amava. O que mais eu poderia querer? Eu mesma não sabia, só sabia que não me sentia pronta e não ia tomar uma decisão tão importante por pressão de ninguém, nem do cara que eu achava ser o amor da minha vida.

E a verdade é que Brendon nunca me pressionava. A gente já estava junto há alguns meses quando ele deixou claro o que queria, mas falou que seria tudo no meu tempo. Ele também era virgem, também estava nervoso, mas me amava muito e queria que fosse comigo — quando eu também quisesse.

Eu não estava pronta, mas isso não significava que a gente não podia fazer outras coisas, né? Ainda mais com um celular entre nós. Então ele começou a me mandar fotos, até alguns vídeos, de quando estava "pensando em mim". Ele nunca se preocupou que eu fosse vazar, mas eu tomava todo o cuidado de enviar fotos que sumiriam logo em seguida e, se esquecia, eu mesma fazia questão de apagar logo. Não que eu desconfiasse do meu próprio namorado, mas prevenção nunca é demais.

Até que eu descobri que ele estava ficando com outra menina.

Terminei tudo aos prantos, por mensagem, disse que o odiava e que nunca mais queria vê-lo na minha frente. Que ele era um canalha e eu não conseguia acreditar que tinha caído no papinho de que ele me amava. Brendon foi tão babaca quanto era de se esperar, disse que eu estava exagerando e, quando viu que não teria volta, falou que já era tarde, que estava cansado de perder tempo comigo. Duas semanas depois, uma foto minha sem roupa, em frente ao espelho, estava rolando em todos os grupos de WhatsApp do colégio. E no perfil do "Prof. Gil News".

E o que eu gostaria que tivessem feito por mim? Sinceramente, não sei. Mas talvez tivesse ajudado saber que alguém passou por isso e sobreviveu, porque, em alguns momentos, eu realmente achei que minha vida tivesse acabado.

Foi por isso que decidi contar à Joana que eu tinha passado pelo mesmo que ela. Agora, olhando em retrospecto, talvez não tenha sido a melhor hora. Provavelmente pareci apenas egocêntrica, sem contar que ela já tinha tanta coisa na cabeça que nem deve ter prestado atenção direito.

Ela só reagiu de fato quando eu falei que ele não poderia sair impune, que a gente precisava falar tanto com os pais dela quanto com os de Thiago, e até com a direção do colégio.

— Não! — Joana praticamente gritou na hora. — Nem pensar. Eu não quero que ninguém fique sabendo disso, muito menos que meus pais e o colégio se envolvam!

— Mas não é justo — falei, pegando sua mão para tentar passar um pouco de conforto e incentivo. — Ele tem que se responsabilizar pelo que fez, não é justo que você sofra sozinha por uma coisa que não é nem um pouco culpa sua.

— Eu não sei o que aconteceu com você — Joana puxou a mão de volta e me encarou com os olhos inflamados, como se tudo isso fosse minha culpa —, mas me deixa em paz! Esse é um problema *meu*, você não tem nada a ver com isso.

Foi como se ela tivesse me dado um tapa na cara. Eu só queria ajudar justamente porque sabia melhor do que ninguém o que ela estava passando.

Meu pai entra no meu quarto novamente, me arrancando das lembranças dolorosas da noite passada. Agora, em vez de dispensá-lo, peço para ele se sentar na cama comigo. Ele parece ao mesmo tempo surpreso e nervoso com o que tenho a dizer.

— Pai — começo devagar, pensando com cuidado em como abordar o assunto —, você acha que teria sido melhor se vocês não tivessem descoberto sobre a foto?

Agora, sim, ele parece surpreso, provavelmente porque esse é um assunto sobre o qual a gente *nunca* conversa. Seu rosto todo se contorce em uma careta e ele me encara com um olhar que parece até magoado.

— Mas é claro que não! — meu pai nem hesita em responder. — Não existe *nada* pior pra um pai do que o sofrimento da filha. E como eu ia te ajudar sem saber do que tava acontecendo?

— E se ninguém tivesse te contado e eu tivesse conseguido resolver tudo sozinha?

— Filha, você sabe que, independentemente do que acontecer, a gente sempre vai te apoiar, né? — Ele se aproxima mais e coloca uma mão sobre meu joelho, seus olhos fixos nos meus. — Não existe nenhum problema que você precise resolver sozinha. Você nem *deve* resolver sozinha, é pra isso que os adultos servem! É pra isso que a gente tá aqui!

Balanço a cabeça para cima e para baixo devagar, absorvendo as palavras dele.

— Obrigada, pai. — Forço um sorriso, já um pouco mais calma.

— Agora quer me contar o que aconteceu? — Sua voz está ainda mais suave e ele aperta meu joelho com mais firmeza.

— Juro que não é nada comigo, uma amiga tá precisando de ajuda, só isso — garanto, e sua expressão se acalma na mesma hora. — Se fosse algum problema meu, eu contaria pra vocês!

Vinícius me vem à mente no mesmo momento.

Talvez eu devesse contar a ele. Mas contar exatamente o quê? Eu nem tenho certeza sobre nada. Seria apenas para alarmá-lo e preocupá-lo com algo que nem sei se pode mesmo acontecer. Sem contar que tenho coisas mais importantes com as quais me preocupar agora, como uma amiga que *precisa* da minha ajuda.

É possível que eu esteja me metendo onde não fui chamada e que Joana fique chateada quando descobrir que passei por cima dela. Mas ela está com muita coisa na cabeça agora e não está pensando direito. Então se ela não consegue tomar as atitudes necessárias, alguém tem que tomar no seu lugar, certo?

CAPÍTULO CATORZE

Meu coração bate acelerado como se eu estivesse cometendo um crime. Já fui até a diretoria da minha antiga escola fazer algumas reclamações — todas mais inofensivas que essa —, mas nunca fiquei tão nervosa quanto hoje. Acho que, em parte, é pela gravidade do assunto, mas também é pela imponência que a famigerada sala da Irmã Jociane tem.

Assim que cheguei ao colégio hoje de manhã, avisei a secretária que tinha um assunto urgente para conversar com a diretora. Ela pareceu um tanto desconfiada, como se achasse que eu só queria matar aula. Se pudesse, eu teria vindo à tarde para não perder a aula de geografia. O problema é que eu precisaria dar explicações que não quero para meus pais.

E é por isso que estou perdendo a aula enquanto espero, pacientemente, no corredor em frente à porta dela. Não posso nem mexer no celular, então só me resta encarar a parede e ensaiar mais vezes meu discurso.

Quando a irmã me chama, alguns minutos depois, já estou suando, mesmo com o clima ameno aqui dentro.

Apesar de ouvi-la todos os dias nos alto-falantes da sala durante a oração, nunca a vi tão de perto e nunca tive sua atenção tão focada em mim. Ela já deve ter quase setenta anos, mas suas costas estão praticamente eretas na cadeira, e ela tem uma presença imponente que me faz querer confessar todos os meus pecados, apesar de a pecadora aqui nem ser eu.

— Bom dia, Catarina! — A sua voz reverbera ainda mais no escritório do que nos alto-falantes. — O que era tão urgente que não poderia esperar até o fim da sua aula?

— Bom dia, Irmã Jociane. — Tento ser o mais respeitosa possível e me manter calma para falar tudo que vim dizer. — Como ainda é de manhã cedo, imagino que a senhora não esteja sabendo do que aconteceu na festa desse final de semana.

— O que acontece fora da escola não é da nossa alçada, a não ser que os alunos estejam de uniforme. — Ela abre um sorrisinho um tanto quanto debochado. — Imagino que não seja o caso em uma festa.

— Mas é um assunto sério e envolve dois alunos. — Ela abre a boca e eu me apresso para completar, jogando o respeito para o espaço: — Envolve um crime!

A Irmã Jociane me olha como quem diz "é impossível que meus alunos tenham cometido um crime", mas faz sinal com a cabeça para que eu continue.

Respiro fundo para não perder ainda mais a compostura, mesmo não lembrando direito das palavras que treinei lá fora.

— O Thiago, um aluno do segundo ano, expôs a intimidade de uma das alunas, e eu acho que…

— Nós já estamos cientes, Catarina. — A irmã me corta antes que eu continue todo meu discurso sobre a importância de um posicionamento do colégio e que os alunos precisam entender a gravidade da situação.

— E o que a escola vai fazer? — pergunto, ansiosa, apesar de sentir pelo seu tom que a resposta vai ser um grande e belo "nada".

— Infelizmente, não está nas mãos da escola tomar nenhuma atitude punitiva. Apesar de nós condenarmos esse comportamento, também desaprovamos a atitude da Joana em compartilhar esse tipo de conteúdo. Não podemos fazer nada.

Meu cérebro demora um momento para processar o que ela acabou de dizer. Entendo que é um colégio religioso e eu não esperava que eles fossem ficar felizes com a atitude de Joana, mas *condenar* uma garota que obviamente foi vítima?

— Você não tá falando sério... — começo, mas nem consigo continuar.

— Estou falando seríssimo, Catarina — ela me interrompe mais uma vez em seu tom autoritário, claramente perdendo a paciência, se é que tinha alguma.

Eu me remexo no lugar, desconfortável, e tento realinhar meus pensamentos para definir qual a melhor forma de insistir que eles precisam, sim, tomar uma atitude. Mas a irmã deve ver em minha expressão o quanto estou determinada, porque solta um suspiro ruidoso e relaxa um pouco na cadeira.

— Olha, Catarina, eu sei que esse é um assunto delicado para você... — A informação de que ela sabe sobre a minha foto me pega desprevenida. Não sei se o colégio faz algum tipo de pesquisa ou se meus pais conversaram com a direção pelas minhas costas, mas perco o controle por um momento. — Se pudesse fazer qualquer coisa pela Joana, eu faria, a família dela é muito benquista aqui no Santa Cecília, bem como a do Thiago, na verdade, e nós vamos dar todo o apoio que estiver ao nosso alcance.

— Mas não vão punir o Thiago? — Minha voz sai baixinha, sem força.

— O que chegou ao nosso conhecimento é que Thiago não compartilhou o vídeo, apenas mostrou para alguns colegas antes da festa, e não dentro da escola. — A Irmã Jociane me encara, e acredito, pela primeira vez, que ela gostaria de poder fazer mais. — Nós estamos de mãos atadas.

Sinto uma lágrima escorrer pelo rosto e me apresso para limpá-la. Quero espernear como uma criança, implorar que ela reconsidere, mas sei que não vai adiantar de nada. Eu me levanto em um ímpeto, me sentindo injustiçada, apesar de não ser a vítima e de a própria Joana ter me pedido para não fazer isso.

— Catarina, você fez o certo ao trazer essa questão para nós — a irmã diz, levantando-se também. — Nós vamos trazer o assunto à tona entre os alunos para tentar conscientizá-los. Eu também gostaria de poder fazer mais.

Minha vontade é responder um "de boas intenções o inferno tá cheio", mas algo me diz que isso me renderia uma suspensão. Então mordo a bochecha por dentro e saio marchando da sala, segurando mais lágrimas.

⇶ ⇷

Joana não veio hoje.

Descubro isso na hora do intervalo, quando digo à Larissa que a gente deveria procurá-la, e ela me informa que Joana decidiu ficar em casa. Sei que não deveria me surpreender por elas serem mais próximas e só Larissa ter essa informação, mas fico chateada por Joana não ter falado isso no grupo. Talvez ela tenha ficado brava com a minha reação na festa.

O colégio todo parece ter sido tomado por um clima mais pesado, mas o grupo de teatro está ainda mais abatido. Apesar de ninguém tocar no assunto, sei que é por causa de

Joana. Estamos comendo em silêncio quando avisto Vinícius em um canto, sentado sozinho, mexendo no celular.

O grupo de amigos da sua sala, com quem ele costuma passar o intervalo, está no mesmo lugar de sempre, do outro lado do pátio. Apesar de estar aqui há pouco tempo, nunca o vi comer sozinho no intervalo, então não resisto ao ímpeto de me aproximar.

Ele está tão distraído que só me nota quando bato com o pé no seu.

— E aí. — Ele abre um sorriso meio morno, que não chega aos olhos.

— E aí — é tudo que respondo, sem saber exatamente o que estou fazendo aqui.

Antes que eu possa dar para trás, decido me sentar ao seu lado, mas calculo mal a distância e acabo tão perto dele que nossas pernas ficam a poucos milímetros de distância. Seu olhar para no pequeno espaço entre nós dois por um instante, e então ele ergue os olhos verdes e profundos para mim.

Enquanto a gente apenas se encara, é como se o resto do mundo silenciasse. Tenho a mesma sensação estranha que tive na festa, de que não há ninguém no pátio além de nós dois. Vinícius quase me faz esquecer do que aconteceu com Joana ou da conversa que tive com a Irmã Jociane mais cedo.

Tenho a mesma impressão que tive na festa de que algo está prestes a acontecer. Seus olhos passeiam, devagar, pelo meu rosto e então param na minha boca. Vinícius respira fundo, sua respiração mais pesada de repente. Por um momento, considero me deixar envolver por essa bolha que criamos ao nosso redor. Quero ver até onde vamos. E quero, mais do que gostaria de admitir para mim mesma, acabar com essa pequena distância entre nós. Então me lembro de que estamos no pátio do colégio, com vários alunos e irmãs ao nosso redor.

Pigarreio, tentando me concentrar no que vim fazer, apesar de nem eu mesma ter certeza do que é isso.

— Desculpa pelo jeito que agi na festa. — Minha voz sai um pouco estranha, então pigarreio mais uma vez. — Não foi nada a ver com você, só teve esse negócio da Joana e...

— Eu sei — ele me interrompe em um tom baixinho. — Não precisa se explicar.

— Obrigada — digo, feliz por ele não ter achado que saí chorando do banheiro por sua causa.

A última coisa que quero é que Vinícius ache que estou tentando afastá-lo. Ainda não sei *o quê* quero que aconteça entre a gente, mas com certeza não quero acabar com essa estranha amizade que estamos construindo.

Encosto a cabeça na parede atrás de nós e encaro o pátio. Geralmente, nesse horário, tem tanta gente gritando que é difícil até de ouvir os próprios pensamentos, mas hoje parece que toda a escola está sussurrando. Estão todos passando adiante as fofocas sobre Joana.

— Eu só queria saber se você tá bem. — Vinícius olha para o chão antes de continuar: — A gente nunca conversou sobre isso, mas... eu sei que você passou por uma situação parecida e fiquei preocupado. Imagino que esteja sendo bem difícil reviver tudo isso.

Paro por um momento, absorvendo as palavras dele.

— Então você sabia? — sussurro, tentando entender o que isso significa.

Imaginei que, quando descobrisse o quanto Vinícius sabia, fosse sentir medo ou alívio, mas me sinto apenas anestesiada, como se isso não mudasse nada.

— Eu não vi nem nada, é claro — ele levanta as mãos em frente ao peito —, mas o Marcos me contou.

— E por que você não me falou nada antes? — Fico mais chateada do que deveria. Apesar de a gente conversar quase todos os dias, não somos tão próximos assim.

— Eu não queria te deixar desconfortável. — Vinícius encolhe os ombros, sem dúvidas chateado com toda a situação. — Só tô falando sobre isso agora porque quero que você saiba que tem alguém com quem conversar.

Encaro seus ombros caídos e o olhar baixo, que me dizem que ele está sendo sincero.

Acho que, com o pouco que conheço dele e também com tudo que me falaram, Vinícius merece pelo menos um voto de confiança.

— Eu tô bem. — Abraço minhas pernas, suspirando. — Queria que alguém fizesse Thiago pagar, mas a escola disse que não pode fazer nada.

— Se serve de consolo, ouvi dizer que os pais dele o deixaram sem celular por tempo indeterminado. — Ele abre um sorrisinho e bate com o ombro no meu. — Você sabe que os pais dele e da Joana são amigos há séculos, né? Parece que tá tendo todo um drama entre eles. Acho que sobrou mesmo pro Thiago.

— Que bom! — A informação me deixa um pouco mais calma. É claro que não resolve a situação, mas saber que não vai passar em branco é um pouco menos pior. — Ele merecia era ter todo o conteúdo do celular dele exposto pra todo mundo, não só ficar *sem* celular, mas tudo bem.

— Se pelo menos eu ou você fôssemos hackers, a gente podia fazer justiça com as próprias mãos. — Ele abre um sorriso mais leve, como se tivesse tirado um peso de si.

Sei que ele não tem nenhuma intenção de dar uma de justiceiro, mas assim que diz isso, a solução parece óbvia demais. Joana não quer fazer nada, a escola *não pode* fazer nada e os pais dele fizeram próximo de nada.

Só me resta uma solução: eu mesma dar à Joana a vingança que ela merece.

— Você tem toda a razão! — digo, pensando em voz alta.

— Do que você tá falando? — Ele franze o cenho, confuso, como se eu não estivesse dizendo coisa com coisa. Então a ficha cai. — Nina, você não *sabe* como hackear ele, né?

— É claro que não, Vini — balanço a mão, como se a ideia fosse absurda —, mas essa não é a única vingança possível.

CAPÍTULO QUINZE

Passo boa parte da noite em claro planejando a minha vingança. Na verdade, "vingança" não é a palavra certa, soa mesquinha. Passei a noite pensando em formas de fazer Thiago pagar pelo que fez e nunca mais cometer o mesmo erro.

Quando a ideia certa finalmente me atinge, parece tão óbvia que dou um tapa na minha testa tentando entender como não pensei nela antes. Eu me inspiro no que aconteceu comigo no ano passado: crio um perfil de fofoca no Instagram. "Sta. Cecília Sem Filtro", um nome nada original, mas que passa o recado.

São quase quatro da manhã. Eu deveria dormir, pensar melhor e só amanhã tomar uma atitude, mas não consigo conter a empolgação. Levanto, pé ante pé, pego meu notebook e decido partir para o trabalho.

Primeiro, abro o perfil de Thiago e escolho uma foto qualquer. Não me importa muito, só tem que ser uma foto dele sozinho. Acabo optando por uma em que ele está segurando uma prancha de snowboard, em uma montanha de neve, mostrando o dedo do meio e a língua para a câmera. Babaca como sempre. Penso em desenhar chifres e uma cauda nele, mas decido que é melhor ir direto ao ponto, então apenas capricho na legenda:

"Thiago, aluno da 203 do Santa Cecília de Criciúma. Gosta de fingir que é o fodão e o dono do colégio, mas é um babaca que metade do Sta. Cecília odeia. Além de ser covarde e expor pessoas que confiam nele, Thiago mente pra todos os amigos. Sabe esse cara destemido que desce qualquer morro? Ele ainda dorme com os pais toda vez que tem pesadelos. Tem que ser bem no meio dos dois. E isso acontece pelo menos uma vez por semana".

Leio o texto umas três vezes. É efetivo. Eu mesma odiaria que as pessoas soubessem algo assim de mim. Não é nada de mais, mas é o tipo de coisa que os amigos vão usar para tirar sarro dele por muito tempo. Só que o problema está justamente aí: não é nada de mais. Bato com as unhas na escrivaninha, tentando pensar no que mais eu poderia dizer. Não consigo lembrar de nada que Joana tenha contado além disso — que nem foi uma fofoca vinda de Joana, na verdade. Então vou ter que ser criativa. Tudo bem, ele está merecendo.

"E essa nem é a pior parte. Estão vendo essa foto que ele 'tirou no Canadá?', tudo montagem! Thiago nunca saiu do Brasil, ele passou essas semanas de cama se recuperando de uma cirurgia. Isso mesmo, Thiago passou por um aumento peniano durante o verão. Finalmente conseguiu realizar o sonho de ter um pinto (quase) tão grande quanto o próprio ego."

Solto uma risada baixinha quando termino de escrever. Talvez eu tenha pegado pesado demais, mas Thiago merece coisa muito pior depois do que fez à Joana. Clico em publicar e parto para a segunda parte do plano: fazer com que as pessoas descubram o perfil. E, para isso, sigo todo mundo. Começo pelo perfil do próprio Thiago, abro sua lista de seguidores e vou seguindo um por um. Quero que amanhã todos estejam falando sobre o aumento peniano do Thiago e não sobre o vídeo da Joana.

⋙ ⋘

— O que foi que você fez? — Vinícius está me esperando na porta do colégio na manhã seguinte.

— Do que você tá falando?

Depois que postei a foto e segui 64 perfis, a adrenalina enfim diminuiu e consegui dormir pelo menos algumas horinhas. Mas é claro que acordei atrasada pela falta de sono e não tive tempo de conferir a página antes de chegar ao colégio.

— Você sabe do que eu tô falando. — Ele me puxa pelo braço e, mesmo que a situação não seja nem um pouco propícia para isso, sinto a eletricidade de sempre quando ele me toca.

— Muita gente viu? — Não consigo conter a empolgação.

Para ele estar me esperando com toda essa ansiedade, deve ter sido ainda melhor do que eu esperava. Pego o celular no bolso e finalmente vejo as mensagens de Vinícius e das meninas na central de notificações.

Tecladista Gostosão (07:12):

Foi você que criou aquele perfil?

Nina, você precisa excluir aquilo agora, sério!

Joana (07:14):

Nina, foi você????

> Eu perguntei pra Lari e ela jurou que não foi ela!
>
> Socorro, apaga por favor!

Lari (07:14):
> Nina, oq você fez?
>
> Você tá doida?

Ignoro todas e abro o Instagram, quase explodindo de felicidade e ansiedade.

E lá está: 282 curtidas na foto e 133 seguidores.

— Nem tem tudo isso de gente no nosso ano! — digo, fazendo as contas de cabeça para ver se estou enganada.

— Olha os comentários!

De repente, tomo consciência do que fiz e de que as pessoas não podem descobrir que sou eu, então olho ao redor só para garantir que não tem ninguém nos observando. Quando me sinto segura o suficiente, abro os comentários e começo a ler em voz alta:

— "Será que é verdade, gente? Não pode ser kkkkkkkk." "Não é possível que seja verdade, ele só tem dezesseis anos hahahaha." "Isso é mentira, já vi o pinto dele e não precisa de aumento!" — Solto uma risada e volto meu olhar para o Vinícius. — Essa com certeza foi ele que escreveu.

Tudo bem, preciso admitir que eu não estava pronta para toda essa repercussão, mas também estaria mentindo se dissesse que não gostei.

— Nina, isso é sério! — Vinícius chama a minha atenção.

— As pessoas estão achando que foi a Joana!

— Quê? — Minha voz sai em um grito agudo que faz com que alguns alunos olhem em nossa direção, desconfiados.

— O que você esperava? — Ele parece um pouco irritado, como se fosse óbvio que isso aconteceria. — Quem mais saberia um negócio desses sobre o Thiago?

— Ninguém, porque é obviamente mentira. — Tento me defender. — Você não viu os comentários? Ninguém tá levando a sério!

— Mas ninguém tem certeza de que é mentira também — ele continua, dessa vez com um tom de voz um pouco mais esganiçado.

— Como não? — Sei que estou levantando o tom de voz, mas não consigo evitar. — Essa só foi a coisa mais ridícula em que eu consegui pensar! Não queria começar uma fofoca sobre ele, só queria tirar o foco de Joana.

— Funcionou — Vinícius diz em um tom cansado de quem desistiu de discutir. — Mas as pessoas continuam achando que é ela. Quem mais teria motivo pra inventar um negócio desses sobre ele?

— Na verdade, muita gente odeia ele. — Encolho os ombros.

Sei que Vinícius tem razão, mas agora não tenho mais como voltar atrás. Centenas de pessoas já viram a foto e mais ainda devem estar falando sobre isso. Abro os comentários novamente e vou rolando para baixo, percebendo agora quantas pessoas acham que a página é dela.

"Se a Joana tá dizendo, então deve ser verdade."

"Joana arrasou, expõe mesmo."

"Vadia, seu vídeo você não posta, né?"

Este último me faz estremecer e fechar o aplicativo.

Meu Deus, o que foi que eu fiz?

— As pessoas vão esquecer — falo, tanto para convencê-lo quanto para convencer a mim mesma.

— Não sei, não, Nina — ele fecha ainda mais a cara —, a aula ainda nem começou e já tá *todo mundo* falando sobre isso.

— Que bom. — Ergo o queixo, me recusando a dar o braço a torcer. — Pelo menos não estão mais falando sobre o vídeo da Jô.

— Você pelo menos pensou no que isso poderia fazer com ele?

— Como assim? — pergunto, genuinamente confusa.

— As pessoas não vão esquecer isso tão rápido. — Vinícius parece estar chegando ao limite comigo.

— E daí? — insisto, cruzando os braços. — Você acha que ele se preocupou com isso quando mostrou o vídeo da Jô pra um monte de gente?

— Eu não estou falando que ele está certo. — Vinícius solta um longo suspiro e, de repente, sinto como se eu tivesse dez anos. — Só tô dizendo que não é assim que se acerta as coisas.

Por mais que eu entenda o que Vinícius quer dizer, não consigo evitar o calor que sobe pelo meu peito até a garganta. Um calor homicida que me faz querer pular nele e obrigá-lo a entender a gravidade do que Thiago fez.

— A escola e a Joana não quiseram fazer nada — grito, sem me importar mais que alguém possa nos ouvir. — Você queria que eu só fingisse que nada aconteceu?

Sinto as lágrimas brotando no canto dos olhos e, em algum lugar dentro de mim, sei que essa reação não é apenas por causa do vídeo de Joana. Sei que, em algum nível, fiz esse perfil me vingando por mim mesma também. Mas, sinceramente, não me importo. Se ter criado o perfil significa que Thiago vai passar o resto da sua vida desmentindo uma cirurgia de aumento peniano, ainda acho que é pouco depois do que ele fez a Joana passar.

— Não acho que você tem que fingir que nada aconteceu — Vinícius fala em um tom mais suave e, quando o encaro novamente, vejo que ele parece até um pouco arrependido. — Só acho que fazer justiça com as próprias mãos não é a melhor saída, ainda mais quando a sua justiça é essa.

Ouço o sinal tocando atrás de nós e aproveito a desculpa para começar a andar em direção à sala.

— E eu acho que você tá errado — respondo, sem me preocupar se ele ouviu ou não.

CAPÍTULO DEZESSEIS

Joana não foi para a aula de novo, então não tive como me desculpar por toda a confusão que criei. Larissa, por outro lado, fez questão de me dar uma lição sobre o quanto fui impulsiva e como eu deveria ter pensado no que aquilo poderia causar à Joana.

Depois de tudo, entendo por que pode ter sido uma ideia precipitada. O que continuo não entendendo é como ninguém está focado no que realmente importa: Thiago mereceu. Então, depois do almoço, mando uma mensagem no grupo perguntando se posso passar na casa da Joana.

Minha mãe finalmente conseguiu uma entrevista de emprego em uma empresa de contabilidade, então está toda afobada depois do almoço e nem me pergunta por que quero sair. O que significa que não tenho muitas distrações e passo o tempo todo pensando em como me desculpar com Joana.

Desde a discussão com Vinícius, não tive mais coragem de abrir o Instagram, nem mesmo para deletar a conta, o que eu provavelmente deveria ter feito. Mas achei melhor deixar a decisão para Joana, já que é dela que estão desconfiando.

Larissa já está na casa da Joana quando chego lá. É a primeira vez que a visito e fico levemente surpresa com o tamanho de sua casa. Ela tem dois andares e um tom de branco que parece recém-pintado, com sacadas em vários cômodos. Ainda assim, não chega nem aos pés da casa da Kamila.

As duas estão na sala, cada uma sentada em um dos enormes sofás. Larissa ainda está usando o uniforme e parece meio irritada quando me vê, mas Joana está apenas abatida. Seus cabelos estão bagunçados, como se ela não os penteasse há dias, e ela está usando um pijama de cachorrinhos que também parece fazer parte do seu look há tempo demais. Sem contar as olheiras que deixam bem óbvio que ela passou a noite em claro — provavelmente mais de uma.

— Como você tá? — pergunto, me sentando ao lado de Larissa. Quero abraçar Joana e prometer a ela que isso vai passar, mas, depois da sua reação na festa, acho melhor me manter afastada.

— Tô bem — ela responde, mas a voz sem vida deixa claro que não está nem um pouco bem.

— Você vai deletar a conta? — Larissa pergunta, seu tom um pouco mordaz.

— Vou fazer o que a Joana quiser — me apresso em explicar. — Juro que não teria feito isso se eu achasse que ia sobrar pra você. Eu só queria que ele pagasse pelo que fez... foi no calor do momento. Desculpa.

— Tudo bem, eu não tô brava. — Ela encolhe os ombros e abre um sorriso triste. — Acho que pior do que tava não tinha como ficar, né?

— Não sei, não... — Lari intervém.

— Posso ver? — Joana estende a mão para mim. — Ainda não tive coragem de olhar.

— Claro! — Tiro o celular do bolso e o entrego já com o aplicativo aberto para ela.

— Trezentas e quarenta e sete curtidas — ela assovia, chocada —, e você tem dezesseis mensagens, você viu?

— Não! Hoje de manhã não tinha nenhuma!

Nem me passou pela cabeça olhar as mensagens. Por que alguém me mandaria alguma coisa?

— Abre! — Lari pede, trocando de sofá para ficar ao lado de Joana e olhar por cima de seu ombro.

As duas ficam em silêncio por alguns segundos, lendo as mensagens, enquanto eu me mordo de curiosidade.

E então, ouço o melhor som do mundo: uma risada de Joana. Não um risinho forçado; uma gargalhada genuína, um som que chega a parecer deslocado, vindo de seu corpo tão fragilizado.

— Nina, as pessoas estão te mandando fofocas! — Ela ri mais um pouco, enquanto Lari arfa ao seu lado.

— Você acha que é verdade? — Larissa pergunta para Joana, tapando a boca em surpresa.

— Deve ser. — Joana dá de ombros, um sorriso enorme em seu rosto. — Se o Victor tá falando...

— O quê? — pergunto, sem conseguir conter mais a curiosidade.

— Que a Amanda e a Patrícia se pegaram as férias inteiras — Lari me explica em um tom conspiratório, como se fosse a maior fofoca do ano. — O Victor é o melhor amigo da Pati.

— E o que que tem? — pergunto, ainda mais confusa.

— As duas são primas! — Joana tapa a boca, mas não consegue conter a gargalhada.

É tão bom vê-la assim animada que quase vale a pena todo o sufoco por ter criado essa maldita página.

— É isso! — Lari diz, empolgada, tirando o celular da Joana e mostrando para mim. — É isso que você tem que fazer!

— O quê? — A cada segundo que passa, fico mais perdida nessa conversa toda.

— Continuar o perfil de fofocas e postar o que as pessoas tão te mandando. — Ela me entrega o celular, como se essa fosse realmente a solução definitiva.

— Essa é uma péssima ideia — digo, balançando a cabeça. — Eu só criei o perfil porque tava de cabeça quente e queria me vingar do Thiago. Mas o resto dos alunos não fez nada de errado e...

— Mas agora todo mundo acha que foi a Jô! — Larissa me interrompe, tão animada com a ideia que está quase caindo do sofá. — Talvez assim as pessoas parem de desconfiar dela.

— Não sei, gente... — é tudo que digo.

Como eu poderia fazer fofocas desses alunos quando sei exatamente como é estar do outro lado? Não quero que ninguém tenha que ouvir sussurros nos corredores ou que sofra bullying por minha causa.

— Mas todo mundo acha que sou eu, Nina... — Joana me fita com um olhar de cachorrinho abandonado.

— Acho que é melhor excluir e fingir que isso nunca aconteceu, antes que saia do controle — digo, dando uma olhada nas mensagens que recebi. A maioria delas é de outros alunos contando fofocas sobre os amigos, e tem até uma que a pessoa está falando sobre si mesma!

— Por favor, Nina! — Joana pede, me encarando com os olhos brilhando.

Como eu poderia dizer não depois de tudo pelo que ela passou?

Com cinco dias do nascimento do "Sta. Cecília Sem Filtro", estou convencida de que adolescentes são doidos — e estou me incluindo nisso.

O único aluno, além de Thiago, que não está se divertindo com o perfil é Vinícius. Desde a nossa discussão, temos evitado um ao outro. A gente se vê quase todo dia no intervalo, mesmo que de longe, e duas vezes na semana nos ensaios do teatro.

Desde que recebi o papel da Prima Justina, que tem uma participação pequena na peça, tenho tido mais tempo ocioso durante os ensaios. Na verdade, tempo que eu deveria estar usando para decorar minhas falas ou me envolvendo com os outros alunos de alguma forma, mas que passo olhando Vinícius pelo rabo do olho.

Ele não parece bravo ou irritado comigo, mas é como se tivesse surgido uma barreira entre nós. O que não faz sentido. Se alguém deveria ter essa reação é Joana, e ela está *adorando* o "Sta. Cecília Sem Filtro".

Desde que passei a senha (OthiagoEhUmOtario) para Joana e Larissa, ficamos o dia inteiro fofocando sobre as mensagens que recebemos por lá.

Esse é o único assunto no Santa Cecília nos últimos dias e, ao que tudo indica, *todo mundo* quer aparecer no perfil. As pessoas contam os segredos dos seus amigos sem escrúpulo nenhum e algumas até os próprios segredos, tudo para aparecer na página — e porque a gente tem uma política de anonimato, claro.

Como estamos postando fofocas todos os dias, isso tirou um pouco o foco de Thiago. Os outros alunos ainda continuam especulando se é possível mesmo que ele tenha feito a cirurgia e já vi duas pessoas tirando sarro da cara dele. O que me deixou mal por um segundo, até lembrar o que ele fez à Joana.

Pelo menos a tática de começar a postar segredos aleatórios funcionou, e agora quase ninguém desconfia dela. Sei disso porque recebemos várias mensagens e comentários de pessoas acusando um ou outro aluno de ser o responsável pela página. Até agora, ninguém falou meu nome — vantagens de ser aluna nova.

Durante o intervalo, por cada rodinha que a gente passa dá para ouvir as pessoas discutindo a última fofoca, ou criando suas teorias sobre quem está por trás da página. Teve uma garota do primeiro ano que falou, com toda a seriedade do mundo, que devia ser a Irmã Jociane querendo ficar por dentro do que está acontecendo no colégio.

— Vocês viram o que a Kamila mandou? — Larissa dá um grito e faz Joana e eu pularmos no colchão.

Estamos em mais uma festinha do pijama, dessa vez na casa da Joana. A gente tem tentado passar o maior tempo possível com ela, principalmente aos fins de semana, para tentar distraí-la de tudo que tem acontecido. Pelo menos, olhando de fora, ela parece estar lidando com a situação melhor do que eu lidei.

Alguns dias depois da festa, quando as coisas tinham finalmente começado a se acalmar e as pessoas estavam distraídas demais com o "Sta. Cecília Sem Filtro" para falar sobre Joana, ela voltou a frequentar as aulas. Ninguém esperava que ela fosse mudar para a nossa sala, mas Larissa me contou que a mãe de Joana fez um escândalo no colégio e disse que se recusava a obrigar a filha a encarar Thiago na sala diariamente.

No mesmo dia em que voltou, Joana me escreveu um bilhete pedindo desculpas pela forma como agiu durante a festa. Disse que nem lembrava direito o que falou, que estava muito atordoada, e me agradeceu por ter compartilhado a minha história. Respondi, tentando conter as lágrimas, que errei em ter falado sobre o que aconteceu comigo naquele momento e que estava feliz de tê-la de volta.

Nunca mais tocamos no assunto e, até hoje, não sei se ela contou à Larissa sobre a minha foto ou não, mas algo me diz que não.

— A Kamila? Não! O que ela mandou? — Joana se endireita, tentando olhar por cima do ombro de Larissa.

Era para estarmos em mais uma maratona de filmes da Marvel, mas estamos com Thor pausado enquanto procuramos as melhores fofocas na caixa de entrada do perfil.

— Ela disse que o relacionamento dela com o João tá chegando ao fim e que logo vai estar na pista — Larissa diz, deliciando-se em cada palavra.

— Meu Deus, ela tá usando o perfil como Tinder? — Solto uma gargalhada tão alta que deve acordar os pais de Joana.

Ela faz sinal de silêncio para mim, mas precisa botar a mão em frente à boca para conter os próprios risos. Estamos as três tentando rir em silêncio, quando meu celular vibra ao meu lado e chama a nossa atenção.

Tenho tempo apenas de ler "Tecladista Gostosão" antes de Larissa pegá-lo, correndo.

— Hmmmm, Tecladista Gostosão — ela lê. — Acho que a gente já sabe o que a Nina pensa do Vini!

— Não que ela estivesse conseguindo esconder até agora, né? — Joana abre um sorriso malicioso.

— Foi ele que colocou esse nome. — Sinto meu corpo todo esquentando de vergonha quando arranco o celular da mão dela.

Nem vejo o que ele mandou na mensagem, como se isso fosse provar que não estou nem um pouco interessada. O problema é que estou interessada, sim. Principalmente porque faz dias que não conversamos, nem por mensagem.

Graças a Deus, a vontade de ler as fofocas é maior que a de pegar no meu pé, então logo as duas se distraem e voltam a checar as mensagens no perfil. Quando tenho certeza de que nenhuma delas está mais prestando atenção, pego meu celular para checar o que Vinícius mandou. O coração prestes a sair pela boca, como acontece na maioria das vezes em que ele está envolvido.

Tecladista Gostosão (20:43):
> Eu vi oq vcs postaram da Natália hoje

> Ela vai surtar na segunda

Nina (20:48):
> Você que acha

> Foi ela que mandou a fofoca kkkkkk

Nós temos postado umas duas vezes por dia por causa do grande número de mensagens que estamos recebendo, e um dos posts de hoje foi que a Natália marcou para colocar silicone durante as férias. Eu ainda não a conhecia, mas as duas me contaram que é uma das meninas mais populares do terceirão.

Por incrível que pareça, os alunos que fazem parte da "nata", como elas gostam de chamar, são os que mais mandam fofocas sobre si mesmos.

A gente não tem como saber se tudo que eles mandam é real ou se só querem chamar atenção, mas eu, francamente, não me importo. O perfil surgiu com um intuito específico que já atingi, agora estou apenas me divertindo com as minhas amigas.

Tecladista Gostosão (20:49):

> Mesmo assim

> Vcs tão brincando com outras pessoas

> E se alguém descobrir que são vocês?

> Um monte de gente já desconfia da Joana

Sinto meu corpo todo murchar com a percepção de que ele não queria quebrar o gelo entre nós. Seu único intuito com a mensagem é de me lembrar o quanto é contra o perfil "Sta. Cecília Sem Filtro".

Por mais chateada que esteja, não consigo deixar de me perguntar se ele pode ter razão.

— O que vocês acham que aconteceria se descobrissem que estamos por trás do perfil? — pergunto para as meninas, deixando o celular de lado por um momento.

— Ninguém vai descobrir, Nina — Larissa diz como se tivesse certeza.

— Eu não sei — Joana responde ao mesmo tempo, pensativa.

Até agora, não postamos nenhuma fofoca muito grande. Como fui eu que criei o perfil, as duas sempre me questionam antes de postar qualquer coisa. E, como não quero que ninguém sofra bullying por nossa causa, sempre filtro as fofocas que acho que podem acabar tendo um impacto grande demais, apesar do nome da página. Também priorizo as que são enviadas pela própria pessoa.

Por enquanto, não vi nenhum tipo de repercussão muito negativa. Ainda assim, acho que algumas pessoas ficariam chateadas se descobrissem que somos nós.

— Mas se você não soubesse quem é — digo, pensando em como *eu* me sentiria se descobrisse quem estava por trás da página do meu antigo colégio —, não ficaria chateada quando descobrisse?

— Talvez. — Lari desvia o olhar. — Mas a gente não postou nada de mais, e a maioria das pessoas manda fofocas sobre si mesmas, então elas *querem* aparecer.

— Não sei. — Mordo o lábio inferior, achando cada vez mais que talvez Vinícius tenha razão. E então, outra possibilidade me vem à cabeça: — Vocês acham que a gente seria suspensa?

— Claro que não, a gente não tá fazendo nada de errado. — Lari continua, categórica.

Lembro-me da explicação da Irmã Jociane de que o colégio não tem responsabilidade por coisas que acontecem fora dele. Na pior das hipóteses, poderíamos dizer que nunca postamos nada de dentro dos muros do colégio, o que é verdade. Mas não posso usar esse argumento. Joana ainda não sabe que passei por cima de sua vontade e fui até a direção.

— Acho que tem uma grande chance de todo mundo odiar a gente — Joana fala, com um fio de voz.

— Mas por quê? A maior parte deles tá contando os próprios podres — Lari repete, revoltada. — Eles deviam era ficar com raiva dos amigos fofoqueiros que eles têm.

— Acho que a Jô tem razão. — Faço uma careta pensando em como seria voltar a receber olhares indiscretos no corredor, mas dessa vez por algo que é, sim, minha culpa.

— Não se preocupem, ninguém vai descobrir — Larissa garante, como se pudesse de fato ter certeza. — Só nós quatro sabemos, e a gente não vai contar pra ninguém, vai?

— Espero que você tenha razão. — Mordo o lábio inferior, enjoada de repente.

Nina (20:56):
> Ngm vai descobrir

> Vc não vai contar, vai?

Tecladista Gostosão (20:56):
> Óbvio que não

> Mas tem bastante gente determinada a descobrir

> Acho bom vocês tomarem mais cuidado

Por mais que não tenha soado como uma ameaça, sua mensagem me deixa desconcertada pelo resto da noite. Quase como se fosse um presságio.

CAPÍTULO DEZESSETE

Eu achava que, duas semanas depois, a novidade do "Sta. Cecília Sem Filtro" já teria morrido e ninguém mais se importaria com o perfil, mas parece que, a cada dia que passa, as fofocas ganham mais e mais força.

Se não fosse veementemente proibido o uso de celular no Santa Cecília, acho que os alunos passariam a manhã toda atualizando a página. Ainda assim, eles ficam a aula inteira falando sobre as últimas fofocas e criando teorias sobre quem é "a Santa", como passaram a chamar a pessoa por trás da página.

Parecem todos um bando de viciados.

Depois da conversa com Vinícius, tenho tomado mais cuidado com o que e *como* postamos. Algumas fofocas que antes talvez eu tivesse publicado, mas que agora acho que podem ter qualquer repercussão negativa para uma pessoa, a gente ignora. Por mais que eu duvide que alguém vá descobrir sobre nós, não quero que ninguém se magoe com uma página idiota que criei no calor do momento. E também não quero correr o risco de reviver o que passei no Professor Gilberto.

É por isso que estou batendo o pé de que não podemos postar a fofoca sobre a Helena, enquanto Joana e Larissa insistem que é nosso *dever*.

— Gente, me escuta — peço, com uma voz chorosa, enquanto as duas discutem. Elas param para me encarar e eu respiro fundo: — É um assunto muito sério.

— Exatamente! É por isso que a gente precisa postar! — Larissa defende, resoluta. — A gente não pode deixar isso passar em branco.

Tenho que respirar fundo e conter a vontade de grunhir em frustração.

Há mais ou menos uma hora, recebemos uma mensagem da melhor amiga de Helena, falando que ela e Reginaldo estão ficando. Se eu estivesse sozinha nessa hora, talvez até tivesse postado a fofoca sem saber quem são eles. Mas então as duas me explicaram que Helena é mais uma da nata do terceirão — meu Deus, como eles *amam* fofocar uns sobre os outros! —, e Reginaldo é o professor de química.

— A gente deveria contar pra Irmã Jociane — repito, apesar de essa ser a terceira vez que temos a mesma discussão. Estamos andando em círculos nesse assunto desde que ele surgiu.

— E levar uma suspensão? — Larissa repete a mesma resposta. — Você sabe que a irmã tá há tempos tentando descobrir quem tá por trás da página.

— Tá, então a gente podia deixar uma carta por baixo da porta dela, sei lá. — Bufo e fecho os olhos com força, sentindo uma leve dor nas têmporas. — Isso pode afetar muito a Helena, não acho que dá pra tratar como se não fosse nada demais.

Esse argumento pelo menos parece atingir Joana.

Apesar de já fazer um tempo que Thiago mostrou seu vídeo e de seu nome não ser mais tão cotado como o da Santa, as coisas não têm sido fáceis para Joana. Aqui, pelo menos, os outros alunos não sussurram coisas quando ela passa nem riem descaradamente na frente dela. Ainda assim, dá para notar os olhares em sua direção e que algumas pessoas a tratam de forma diferente.

Ela mesma tem tido dificuldades para voltar a ser a mesma Joana sorridente de antes. Além de ter terminado com Renan porque "não estava com cabeça para relacionamentos agora", ela também pediu para continuar no grupo de teatro apenas na produção. Como sempre foi mais tímida, talvez a maioria das pessoas não note a mudança no comportamento dela, mas percebo como ela anda quieta, olhando para o chão e perdida na própria cabeça, se assustando ou se encolhendo toda vez que ouve seu nome.

Não consigo deixar de pensar que é um reflexo de tudo que passei e que, mesmo assim, não sei como ajudá-la. Sempre que noto algum comportamento desse tipo, fico dividida entre querer abraçá-la ou chorar com ela.

— A gente não pode fazer nada que vá prejudicar a Helena — Joana diz em um tom baixo, seu olhar perdido na parede atrás de mim.

Larissa cruza os braços, contrariada por ser voto vencido.

— Tá, e se a gente postasse sem falar o nome dela? Só falamos que o professor de química tá ficando com uma aluna do último ano — Lari sugere, seu rosto se iluminando com a ideia.

— Pode ser... — Joana ainda parece um pouco reticente, mas acena devagar com a cabeça.

— Eu ainda acho que é um assunto muito delicado — reafirmo, mesmo sabendo que provavelmente não vou conseguir convencê-las.

— Você quer que o professor continue saindo impune? — Larissa me pressiona.

— É claro que não!

— Então! A não ser que você queira levar uma suspensão contando que é a dona do perfil, essa é a melhor forma de ele ser investigado!

— Tudo bem. — assinto, mesmo sem estar convencida.

⟫⟫⟫- -⟪⟪⟪

Assistir a Vinícius tocar é sempre uma experiência e tanto.

O nervosismo não me deixou observá-lo muito bem no dia do teste do coral, mas desde então já tive a oportunidade de ouvi-lo tocar várias vezes durante as aulas de teatro.

Como não peguei um papel muito importante — sou a prima da mãe de Bentinho —, passo boa parte dos ensaios livre. E, como Vinícius está quase sempre na plateia ou tocando a trilha sonora, muitas vezes me perco observando-o.

Não é raro que eu o flagre me olhando quando está sentado nas cadeiras do auditório. No começo, achei que fosse coisa da minha cabeça, meu medo falando mais alto. Mas, depois de um tempo, ficou impossível negar o significado dos sorrisos meigos e cheios de duplo sentido que ele sempre me lança.

O que é ainda mais inegável é o quanto esses olhares me tiram do prumo. Se o professor Maurício tivesse me dado um papel de destaque, com certeza teria se arrependido. Quase sempre a presença de Vinícius é o suficiente para fazer com que eu me embole nas poucas falas que tenho, perca minhas marcações e erre as minhas entradas.

Como se isso já não fosse humilhante o suficiente, tenho certeza de que sabe que é culpa dele. Na maior parte das vezes, sinto seu olhar me queimando e vejo seu sorriso convencido. E o pior é que isso nem se compara aos dias em que ele *não* está nos assistindo. Os ensaios em que Vinícius toca para nós são ainda mais terríveis.

Ele tem uma conexão com o teclado que o faz se perder no próprio mundinho assim que senta no banco. Vinícius sempre encara as teclas com uma paixão que emana por todo o auditório e toca com tanta vontade que posso sentir a música *dentro* de mim. É impossível me concentrar desse jeito. Ele só emerge desse transe quando a música acaba ou o professor chama sua atenção por algum motivo. E então ele me encara, é claro, sempre com aquele seu olhar de quem sabe o efeito que tem sobre mim.

Hoje, no entanto, estou em vantagem. Não sou eu que estou no palco, é Vinícius, acompanhando o coral da escola. O Santa Cecília organizou um evento para pais e alunos, e mal pude acreditar quando minha mãe me deixou ir com Joana e Larissa. As duas parecem um tanto entediadas depois da primeira música, mas eu me inclino mais e mais para frente a cada canção, como se não conseguisse estar próxima o suficiente.

Nunca fui muito ligada em música, mas cada vez que eles começam a tocar — que *ele* começa a tocar — sinto um arrepio que sai das pontas dos pés e vai até meu couro cabeludo. Cada pelinho do meu corpo fica de pé e preciso de todo o esforço do mundo para não me derreter ali mesmo.

— Só cuidado pra não babar — Joana sussurra em meu ouvido quando eles começam a quarta música.

Eu estava tão concentrada que quase pulo no lugar.

— Quê?! — pergunto de volta, um pouco alto demais, o que rende algumas reclamações das pessoas ao nosso redor.

— Você parece que vai pular no Vini a qualquer momento — ela explica ainda mais baixo. — É bem bonitinho.

— Não é, não. — Eu me aprumo no lugar, cruzando os braços e me obrigando a parecer indiferente.

Porque eu *estou* indiferente. Claro, estou bastante envolvida. Mas é com a música, não com Vinícius!

Passo o restante da noite consciente demais dos olhares de Larissa e Joana e me obrigo a parecer mais desinteressada. Ainda assim, quando eles terminam a última música, sou tomada por uma força que me faz pular do lugar e correr até o palco.

Várias pessoas param para falar com Vinícius, incluindo alguns pais que parecem surpresos com seu talento. Mas posso jurar que, quando chega minha vez, seu sorriso está muito maior. É como se ele tivesse um sorriso que guarda só para mim.

— Parabéns! — digo em uma voz um tanto quanto esganiçada, me atrapalhando sem saber se devo abraçá-lo ou não.

Por fim, a decisão fica por conta dele e não minha. Ele me puxa para seus braços e o calor de seu corpo me faz derreter um pouquinho. Respiro fundo, e aprecio de novo seu perfume delicioso.

É a primeira vez que a gente se abraça. E, por mais que estejamos no meio do auditório, cheio de pessoas ao redor, é impossível controlar meu coração disparando no peito e minha respiração mais rasa.

— Você estava incrível! — Completo, quando ele me solta.

— Obrigado! — Seu sorriso se alarga ainda mais. — A apresentação de hoje foi massa, né?

— Eu nunca achei que fosse gostar de um coral. — Balanço a cabeça, ainda sem conseguir acreditar no quanto fiquei envolvida por toda a apresentação. — Mas vocês são incríveis, sério!

Vinícius apenas me olha, com o sorriso ainda preenchendo todo seu rosto, exibindo aquela covinha no queixo que acho tão bonitinha. É a primeira vez que conversamos de verdade desde que criei o "Sta. Cecília Sem Filtro" e, agora que as parabenizações já acabaram, fico muito consciente do desconforto entre nós.

Oscilo o peso do corpo de um lado para o outro e olho ao redor, procurando Larissa e Joana para me despedir dele e me juntar a elas. As luzes do auditório ainda estão mais baixas, mas a maioria das pessoas já foi embora, apenas algumas ficaram para trás conversando em grupinhos. Mas minhas amigas não parecem estar entre elas. Tenho certeza de que as safadas fizeram de propósito para me deixar mais tempo com Vinícius.

— Veio bastante gente, né? — comento, o nervosismo bem claro em minha voz. — É sempre cheio assim?

— Depende muito, mas as apresentações fora da escola costumam ser maiores... — Não sei se é apenas impressão minha, mas Vinícius também parece nervoso. Ele coloca as mãos nos bolsos como se não soubesse o que fazer com elas. — Daqui a algumas semanas vai ter uma no teatro municipal que deve lotar. Até meu pai e meu irmão vêm pra assistir, se você quiser ir também...

— Que legal! — Abro um sorriso forçado. — Vou tentar ir com certeza!

— Nina, eu sei que as coisas tão meio estranhas entre a gente nas últimas semanas... — Ele desvia o olhar e, apesar da luz fraca, consigo ver a vermelhidão que toma seu rosto. — Mas pensei que a gente podia combinar um dia pra...

— Vinícius — uma mulher atrás de mim o chama.

Eu me viro e dou de cara com a mãe dele. Ela está alguns metros afastada, mas perto o suficiente para que eu veja que eles têm os mesmos cabelos escuros e nariz marcado, acabando com qualquer dúvida que eu pudesse ter sobre quem é. Ela sorri para mim, mas toda a sua altura e presença me deixam ainda mais consciente do que estou fazendo.

— Tenho que ir — digo, em um fio de voz.

— Eu também, mas valeu mesmo por vir.

Dessa vez ele não me abraça, apenas toca de leve na minha mão. Seu toque permanece ali por alguns segundos, e seus olhos grudam nos meus.

Sinto uma fisgada no peito que me diz o quanto estou encrencada. Por mais que eu não queira admitir, talvez minhas amigas tenham razão. Isso fica ainda mais claro quando saio para a rua, ainda pensando em seu toque e desejando mais do que tudo que ele tivesse terminado o que estava dizendo.

Acho que estou mesmo me apaixonando por Vinícius.

CAPÍTULO DEZOITO

O professor de química do terceirão não apareceu hoje. É só nisso que se fala em todo o colégio. A professora de física teve que chamar a atenção da nossa turma umas cinco vezes por causa das fofocas antes de simplesmente desistir e nos mandar fazer um exercício. Como ela se jogou na própria cadeira e pegou o celular, algo me diz que também está fofocando, talvez com algum outro professor.

Larissa continua tranquila, mas Joana e eu já trocamos vários olhares que perguntam o que vai acontecer se descobrirem que fomos nós.

Agora, passamos de fofocas inocentes sobre silicones e quem está ficando com quem para um *crime* — Larissa já disse que pesquisou e que, como Helena tem dezesseis anos, não é exatamente um crime, mas ainda não estou convencida. Eu sabia que não deveríamos ter postado.

— Vocês leram os comentários? — Larissa se vira para mim, com o brilho nos olhos que aparece sempre que vai contar alguma fofoca.

Ela está sentada na primeira cadeira, Joana ao seu lado e eu logo atrás. Apesar de ela ter falado baixinho e de não ser nada muito incriminador, fico com medo de alguém escutar. No começo, quando Vini ou alguma das duas falava sobre a página, eu sentia um misto de empolgação e medo de ser descoberta, mas um medo normal. Agora, a cada dia que passa, fico mais aterrorizada com a possibilidade de alguém descobrir.

Não só porque tenho certeza de que os outros alunos não ficariam felizes, mas porque não sei que tipo de medidas a escola tomaria agora que envolvemos um professor.

— Não vi, o que tão falando? — pergunto, mais baixo que o necessário.

— Tem bastante gente xingando o professor, gente falando que todo mundo sabia disso, mas também tem muita gente tentando adivinhar quem é — Lari explica, passando o dedo pelos comentários.

— Mas esses estão sendo excluídos — Joana interrompe, uma raiva implícita em sua voz. Então ela se dá conta de que estamos no meio da sala e completa: — Pelo menos parece que sim.

— Será que não era melhor excluir a foto? — sussurro, dessa vez tão baixo que elas precisam fazer leitura labial.

— Agora é tarde — Lari responde. — Todo mundo já viu e já está falando sobre isso.

— E se a polícia se envolver? — pergunto com o coração acelerado.

Isso me veio à cabeça no início da manhã e desde então não consigo pensar em outra coisa. Um professor com uma aluna de dezesseis anos é pedofilia, não é? E se eles decidirem investigar o caso e prender a gente? Talvez não prender, mas mandar para o conselho tutelar!

— É claro que não vai — Lari diz em um tom firme. — E mesmo que fosse, seria entre a escola e o professor, quem divulgou não tem nada a ver.

— Não sei, Lari... — O olhar de Joana passa dela para mim e consigo perceber o quanto está apreensiva.

— A gente fez praticamente um trabalho *jornalístico* — Larissa diz, com certo orgulho.

Antes que eu possa trazer mais argumentos sobre por que a gente deveria simplesmente excluir o perfil e fingir que nunca aconteceu, alguém bate à porta.

É difícil ouvir no começo por causa do burburinho dos alunos na sala, mas logo as batidas ficam mais altas e a professora pula da cadeira para atender.

A Irmã Jociane está esperando do lado de fora, seus olhos estão inflamados com puro ódio e determinação. Ela marcha até a frente do quadro e, sem que diga uma única palavra sequer, a sala cai em um silêncio sepulcral.

Minha respiração fica mais acelerada e sou tomada por uma vontade urgente de sair correndo e nunca mais voltar para a escola.

Seu olhar varre a sala ainda em silêncio, parando em um aluno por vez, por apenas um milésimo de segundo. Quando ela chega em mim, ainda que não se demore mais do que com os outros, tenho *certeza* de que ela sabe. Talvez pela nossa conversa, talvez porque ela consiga ouvir meu coração martelando desesperado no peito, mas ela sabe! Só que a irmã continua sua varredura para a pessoa atrás de mim e termina de escanear toda a sala. Respiro um pouco mais aliviada e troco um olhar angustiado com Joana.

Depois do que parece uma eternidade, a irmã ajeita ainda mais a postura, com as duas mãos cruzadas em frente ao corpo.

— Bom dia, alunos. — Sua voz reverbera com uma potência que faz até meus ossos vibrarem. — Como vocês sabem, ontem foi feita uma acusação muito séria sobre o professor Reginaldo em uma página de fofocas. A escola está investigando o assunto e ele foi afastado enquanto isso. Por ser uma acusação tão séria, estamos determinados a descobrir quem está por trás disso e como recebeu essa informação.

O silêncio recai sobre a sala por um momento e tenho certeza de que todos conseguem ouvir meu estômago se revirando. Preciso conter a vontade de vomitar na frente da turma.

— Nós estamos passando em todas as salas do ensino médio para dar a chance ao aluno responsável de se prontificar até o final do dia de hoje. As portas do meu escritório estão abertas e eu gostaria de ressaltar que a pessoa responsável *não será punida* — ela diz em um tom assertivo, mas seus olhos sanguinários deixam bem claro que a pessoa será punida, sim.

E, então, a Irmã Jociane sai da sala.

Por um instante, todos continuam em silêncio, ainda absorvendo suas palavras. Minha vontade é de gritar ou sair correndo. Só preciso colocar para fora essa angústia que ameaça explodir em meu peito. Antes que eu sufoque, a sala inteira parece despertar e o burburinho recomeça, ainda mais alto que antes. A professora olha para nós, como se tentando decidir se dá uma bronca ou não.

— Voltem para os exercícios! — ela diz, em uma voz que não chega nem perto da força da irmã, mas é o suficiente para fazer o barulho diminuir um pouco.

Mesmo assim, ela desiste, se recosta na cadeira de novo e volta a mexer no celular.

— E agora? — sussurro para Joana e Larissa.

As duas olham ao redor, tentando ver se alguém está prestando atenção na nossa conversa, e se inclinam para a frente.

— E agora nada — Larissa diz com veemência. — Eles estão jogando verde, a escola não tem como descobrir se ninguém contar.

Assinto, devagar. Apesar de duvidar que a irmã realmente não vai punir quem criou a página, ainda mais agora que envolvemos um professor no assunto, acho que vai ser uma punição muito mais leve se a gente confessar do que se eles tiverem que descobrir sozinhos.

Ao mesmo tempo, Lari tem razão: como eles descobririam? A não ser que a irmã saiba como hackear celulares ou algo do tipo, acho que a única forma de descobrir seria através da polícia, e eles não iriam tão longe por causa de uma fofoca, iriam?

— A gente deveria contar — digo, por fim. — Acho que é melhor sair da nossa boca do que eles descobrirem de alguma outra forma.

— E se eles envolverem a polícia nisso? — Joana devolve com a minha pergunta de antes, a voz chorosa. Ela está tão preocupada quanto eu. — Não sei quão sério é um professor ficar com uma aluna...

— É sério, mas não a ponto de chamar a polícia — Lari responde, mas, dessa vez, não transparece a certeza que tinha antes. Ela nos encara e então pergunta em um tom preocupado: — Vocês acham que vão envolver a polícia?

— Eu não sei. — Minha voz sai quebrada e sinto que as lágrimas de desespero vão começar a cair a qualquer momento.

— Tá! Foco! — Larissa volta para a postura firme e olha de mim para Joana como se tivesse todo o controle da situação. — A gente vai conversar com calma depois da aula. Por enquanto, ninguém faz nada.

— Tá bom — nós duas concordamos.

Antes que eu possa voltar minha atenção para os exercícios, meu celular vibra na mochila. Normalmente, eu deixaria para conferir apenas no intervalo. Mas ainda estou tomada pela ansiedade e não consigo evitar quando meus dedos se esticam para pegar o celular.

Quando vejo quem é, meu coração se acelera ainda mais, antes mesmo que eu leia sua mensagem.

Tecladista Gostosão (09:42):
> A irmã também passou na sala de vocês?

Nina (09:42):
> Sim, ela acabou de sair!

Tecladista Gostosão (09:42):
> E você tá bem?

Nina (09:43):
> Tô, eu acho
>
> Preocupada com oq vai acontecer agora

— Catarina! — A voz da professora reverbera pela sala toda, e eu levanto os olhos, assustada. — Nada de celular na aula!

Sinto meu coração afundar no peito, ainda mais depois de sentir a vibração de novo. Mas guardo o celular de volta na mochila.

Tento me concentrar nos exercícios, mas os números e as palavras se embaralham na minha visão. Princípio de Pascal, Princípio de Arquimedes... Quem são esses e como eles querem que eu saiba qual deles é responsável pela ideia de um aluno que colocou uma garrafa de um litro na descarga? Como eu vou conseguir estudar quando só há um pensamento na minha cabeça?

Nós estamos muito, muito ferradas.

CAPÍTULO DEZENOVE

Apesar da distração constante de Vinícius nas aulas de teatro, os últimos ensaios vinham sendo incríveis e, por isso, jamais achei que fosse pular um deles por vontade própria. Mas, depois que a Irmã Jociane passou na nossa sala para avisar que pretendiam descobrir quem havia criado a página, não consegui pensar em mais nada.

Passo a tarde inteira em casa, esperando que a polícia arrombe nossa porta.

Então, quando dá o horário de ir para o teatro, não estou nem perto de terminar as tarefas do dia — minha mãe me mataria se soubesse.

Agora que ela enfim começou a trabalhar, pelo menos não tenho que me preocupar se ela vai aparecer na minha porta a qualquer momento e descobrir que fiquei apenas atualizando a página do "Sta. Cecília Sem Filtro" incessantemente, como se isso fosse mudar alguma coisa.

Na hora do ensaio, vou ao colégio de qualquer forma. Não tenho intenção de matar a aula de teatro, mas quando chego e vejo Vinícius parado em frente à porta do auditório, os braços cruzados e a cara fechada, sei que estava nos planos *dele* não comparecer a aula de hoje.

— A gente precisa conversar — ele diz sem nem me cumprimentar.

— Vini! — Faço sinal para que ele fale mais baixo.

Olho ao redor, por garantia, mas estamos completamente sozinhos, com exceção de dois alunos do ensino fundamental que estão caminhando em direção à cantina.

Vinícius não parece nem um pouco satisfeito com a minha reação, mas me pega pelo braço — deixando meu pescoço todo vermelho, embora essa reação pareça ser completamente unilateral.

— O que a irmã disse na sala de vocês? — ele pergunta, depois de nos escondermos ao lado de um dos prédios, longe da visão de quem está indo até o auditório.

— Só falou que iriam descobrir o responsável. — Desvio o olhar, incapaz de encarar Vinícius.

Ele avisou desde o início que essa era uma péssima ideia, mas fui teimosa demais para dar ouvidos. E, pela expressão irritada dele, sei que está aqui para me dar um sermão e dizer um belo "eu te avisei".

Então Vinícius suspira e olha para o céu, como se esperasse receber alguma resposta divina para todos os nossos problemas. Sei que eu adoraria isso.

— Vocês passaram de todos os limites com aquela fofoca, Nina. — A voz de Vini está mais suave agora, como se ele estivesse com *pena* de mim. O que é ainda pior, porque sei que sou totalmente culpada pelo buraco no qual me enfiei.

— Eu sei, eu sei. — Consigo ouvir minha própria voz de choro, mas não posso evitar. — Eu nunca devia ter criado a página, mas o que eu posso fazer agora?

— Contar pra irmã — ele diz, como se fosse óbvio. — É verdade aquilo que vocês postaram?

— Acho que sim. — Encolho os ombros, sabendo que, de alguma forma, o fato de ser verdade torna tudo ainda pior. — Foi uma amiga dela que mandou.

— Que droga! — Ele aperta os olhos, frustrado.

Apesar de ele saber que a página é minha desde o início, esse não é um problema de Vinícius. A hora que a situação ficar feia, ele pode apenas lavar as mãos e dizer que não tem nada a ver com o "Sta. Cecília Sem Filtro". Ainda assim, Vini parece preocupado como se fosse, sim, problema dele. E isso mexe tanto comigo que tenho uma vontade repentina de abraçá-lo.

— Você não quer saber quem é a menina? — pergunto em vez disso.

Por algum motivo, a resposta dele é muito importante.

— É claro que não. — Ele parece ultrajado que eu tenha sequer perguntado, e isso me preenche de alívio. — Quanto menos pessoas souberem, melhor!

Assinto, deixando um sorrisinho escapar.

Nós nos encaramos por alguns segundos e não consigo deixar de me sentir uma criança perto dele. Vinícius me olha com um misto de frustração e pena que parece gritar na minha cara o quanto fui burra e idiota por ter levado isso adiante.

— Agora já foi — ele diz por fim, dando um passo à frente e pegando uma das minhas mãos. — A gente precisa pensar em termos práticos: vocês têm que excluir a página e falar com a irmã.

Não sei como ele consegue tocar em mim dessa forma e agir como se não fosse nada de mais. Como ele quer que eu responda se meu cérebro está virando cambalhotas tentando entender o que está acontecendo entre nós?

— Eu prometi pras meninas que não ia falar... — consigo dizer, mesmo que um bolo esteja se formando na minha garganta. — Mas, se te deixa mais tranquilo, a gente decidiu não postar mais nada.

— Por que vocês não excluem de uma vez? — Ele tem um tom que diz claramente "você não quis me ouvir da outra vez e olha no que deu".

— E se a gente precisar de provas? Pelo menos temos as conversas lá! — Não quero compartilhar minha preocupação de que a polícia possa ser envolvida para não parecer boba, mas é um medo real. Então quero me blindar de todas as maneiras possíveis.

— Tudo bem — ele assente, devagar, como que absorvendo as palavras —, mas acho melhor você se preparar.

— Pra quê? — Minha voz sai esganiçada.

— Pra raiva da irmã — ele diz em um tom sombrio que arrepia meus pelos de um jeito nada bom, e então aperta minha mão com ainda mais força. — Nesse tempo todo que estudo aqui, nunca vi a irmã tão determinada. Acho que ela vai até o inferno se for preciso pra descobrir quem é o dono da página.

⇶ ⇷

Alguns dias se passam sem que a gente tenha mais nenhuma notícia sobre toda a situação. A poeira baixou tanto que me permito acreditar que a irmã desistiu de descobrir quem é "a santa". Até a empolgação dos outros alunos diminuiu, embora eu tenha ouvido um ou outro sussurro dizendo que "a santa" não deveria se acovardar pela escola.

Então, quando estou finalmente achando que a gente se safou, a irmã aparece novamente na nossa sala. O professor de geografia não parece tão aterrorizado quanto nós, mas ele se retira para um canto e olha com certa reverência enquanto a Irmã Jociane se coloca em frente ao quadro, as mãos cruzadas como da outra vez.

— Bom dia. — Sua voz reverbera pela sala como se ela estivesse fazendo a oração nos alto-falantes. — Há alguns dias, vim aqui dar a oportunidade para o aluno responsável pelo perfil "Sta. Cecília Sem Filtro" se prontificar. Como isso não aconteceu, a escola resolveu abrir uma investigação formal para apurar os fatos.

Meu corpo todo fica gelado e começo a suar frio. Seguro na mesa à minha frente, tentando impedir a tontura que faz a sala girar ao meu redor. Alguns alunos começam um burburinho, mas eu, Joana e Larissa continuamos mortalmente quietas.

Uma investigação formal.

Uma investigação formal.

— Os pais de alguns de vocês entraram em contato nos últimos dias, preocupados com a *incapacidade* — ela enfatiza a última palavra, como se estivesse com nojo — da escola de monitorar alunos e professores. Então, nós vamos começar a entrevistar os alunos do último ano, já que uma aluna daquele ano foi citada.

Mais uma vez, a sala irrompe em sussurros preocupados.

— Será um processo longo — ela continua, sem se dar ao trabalho de pedir silêncio, e no mesmo instante todos se calam —, mas se não encontrarmos os responsáveis lá, vamos conversar com os alunos do ano de vocês também.

Vai ser um processo longo, repito as palavras em minha mente. Pelo menos vão começar pelo terceirão, o que quer dizer que temos um tempo para pensar e discutir todas as possibilidades.

Talvez Vinícius tenha razão, talvez seja mesmo melhor que a gente se prontifique e fale com a irmã. Que *eu* me prontifique, já que fui eu que comecei toda essa confusão. Mas me lembro dos olhares que recebia no meu antigo colégio e como daria *qualquer* coisa para garantir que nunca mais vou passar por isso. Sinto as lágrimas queimarem meus olhos, mas respiro fundo. A última coisa de que preciso é começar a chorar na frente da sala e me entregar sem querer.

— A minha porta continua aberta... — Ela se dirige até a saída, os olhos ainda passeando pela sala. — Se algum aluno tiver qualquer informação que for, pode ficar à vontade para falar comigo. — Ela lança um último olhar fulminante para todos nós. — Mas podem ter certeza de que, com ou sem colaboração, nós vamos descobrir quem é o responsável.

O aviso da irmã soa como uma ameaça e faz meu estômago revirar.

E então ela fecha a porta.

— Por que você não admite logo que foi você pra acabar com tudo isso? — A voz ao meu lado me desperta da minha espiral de desespero apenas para me deixar ainda mais apavorada.

O garoto perguntou baixinho, ainda assim, significa que ele *sabe*.

Eu me viro para o lado, o coração batendo tão forte que meu peito chega a doer, mas ele não está olhando para mim. Natan está encarando Joana.

Ele sempre se senta em uma das primeiras cadeiras. É o tipo de aluno que presta atenção e faz várias anotações em todas as aulas, e nunca o vi abrir a boca para falar desse jeito com ninguém. Mas agora ele observa Joana com um ar de impaciência e irritação.

— Do que você tá falando? — Larissa responde, em um tom mordaz que deixaria qualquer um assustado.

Talvez quem não a conhece muito bem não note, mas eu consigo ver com clareza o quanto ela está nervosa. Seus olhos estão semicerrados, em desafio, mas suas mãos estão segurando as grades sob a mesa com tanta força que os nós de seus dedos perdem a cor.

— Todo mundo sabe que foi ela quem criou a página — Natan responde com quase tanta violência quanto Lari, e então se vira para Joana novamente. — Você tá desesperada por atenção, todo mundo já sabe. Agora deu.

— Cala a boca! — Lari retruca, alto o suficiente para que alguns alunos ao nosso redor fiquem em silêncio e se virem para observar.

— E não é verdade? — Natan não recua, estufando o peito. — Primeiro ela grava aquele vídeo pra todo mundo ver, depois cria um perfil que todo mundo sabe que é dela — ele dá de ombros —, só falta tirar a roupa na frente da sala, o que eu não duvido que ela possa fazer.

Joana encara Natan por um momento, a boca aberta como se fosse falar algo, embora só saia um som estrangulado, os olhos se enchendo de lágrimas.

Então acontecem várias coisas ao mesmo tempo.

Joana se levanta em um pulo, tão de repente que sua cadeira se inclina para trás e cai no chão em um estrondo enquanto ela sai correndo da sala, sem pedir permissão para o professor. Ninguém além de mim presta atenção nisso porque, enquanto sua cadeira está caindo, Larissa também está se levantando, mas não para ir atrás da amiga. Ela se joga para cima de Natan perdendo os óculos com o movimento brusco. Eu nunca tinha visto uma briga pessoalmente, mas os dois caem no chão e ele esperneia enquanto Larissa puxa sua roupa. Outros alunos se levantam às pressas para separá-los, ao mesmo tempo que o professor tenta chegar até os dois.

Enquanto isso, fico paralisada no lugar.

É tudo minha culpa e eu deveria fazer alguma coisa, *qualquer coisa*, para consertar meus erros. Mas não consigo sentir nada além de apatia. Fico apenas encarando o lugar vazio de Joana, sua cadeira caída, e sentindo meu peito se rasgar, como se as palavras de Natan tivessem sido para mim.

Ele não vê que, às vezes, a gente só quer aproveitar a vida e se permitir acreditar em quem a gente ama. Ele não entende que nosso único erro foi acreditar em quem não merecia crédito, que só tivemos o azar de confiar em quem não valia a pena.

Ele acha que uma garota que envia um vídeo ou uma foto íntima para o namorado só quer atenção. Mas Natan está errado. Tudo que eu quero agora é desaparecer, e tenho certeza de que Joana também.

CAPÍTULO VINTE

Minha participação nas aulas de teatro está cada vez pior. O professor Maurício já me perguntou duas vezes se eu precisava de ajuda com as minhas falas, mas garanti que conseguiria me virar sozinha.

O problema é que não consigo me concentrar. Além de ter faltado ao último ensaio com Vinícius e ter perdido uma cena inteira que todo mundo já aprendeu de cor, não consigo prestar a menor atenção no que está acontecendo hoje. Quando perco minha marcação pela quarta vez seguida, o professor avisa ao restante do grupo para continuar o ensaio e me pede para acompanhá-lo até a coxia.

Olho ao redor, querendo que alguém me explique o que está acontecendo, mas a única pessoa que está me observando é Vinícius. Larissa levou uma suspensão por causa da briga de hoje de manhã e Joana não apareceu no ensaio.

Quero que Vini me dê forças e diga que vai ficar tudo bem, que não vou ser expulsa do teatro apenas porque não tenho conseguido acompanhar direito, mas ele está sentado em frente ao teclado, muito longe de mim, e apenas dá de ombros.

Então, respiro fundo e sigo o professor Maurício.

— Você tá com uma cara péssima, Nina — ele me diz, os braços cruzados e um olhar preocupado no rosto.

— Eu sei que tô sendo uma péssima atriz. — Começo, as palavras escapando de mim sem controle. — E eu sei que você tinha expectativas por causa do meu tempo na Encena e tudo o mais, mas eu tô passando por umas coisas e tá sendo meio difícil me concentrar, mas eu juro que vou me esforçar. Só não me tira do papel da Justina, por favor!

— O quê? Te tirar do papel? — Ele franze as sobrancelhas, confuso com a sugestão. — É claro que não, Nina! Eu preciso que você corra atrás do prejuízo nas próximas semanas, a gente ainda tem um tempinho.

Sua compreensão me deixa tão aliviada que não consigo evitar o suspiro. Eu sabia que não estava dando o melhor de mim nos últimos ensaios, mas não tinha percebido o quanto tinha medo de perder esse papel até agora. Não sei quando isso aconteceu, mas tenho gostado tanto do grupo de teatro que ficaria devastada se fosse expulsa.

— Obrigada. — Minha voz transparece meu alívio. — Juro que você não vai se arrepender.

— É claro que não vou. — Ele dá uma piscadela, e então seu semblante fica mais sério de novo. — Eu sei das coisas que têm acontecido no colégio nas últimas semanas, e imagino que seja confuso pra você, sendo aluna nova. Também sei que nem sempre a gente tem o apoio que precisa em casa, então só quero que você saiba que eu, e os outros professores também, estamos aqui pra isso.

— Obrigada — falo em um tom baixinho, sem saber exatamente o que dizer.

— É sério. — Sua voz soa ainda mais firme. — Se você precisar de alguma coisa, ou só de alguém pra conversar, sabe onde me encontrar. Sei que eu já tenho essa cara de velho, mas eu ainda lembro como é torturante ser adolescente.

— Valeu. — Não consigo impedir a risadinha que escapa pelos meus lábios, e isso parece deixá-lo um pouco mais tranquilo.

— Agora, de volta ao trabalho. — Sua voz reverbera pelo palco e ele bate duas palminhas enquanto toma uma posição no centro. — Acho que tá todo mundo cansado de ensaiar as falas, né? Vamos fazer uns exercícios de vocalização.

Vários alunos reclamam, grunhindo ao meu lado.

— Do que adianta vocês decorarem todas as falas se ninguém na plateia vai ouvir? — ele devolve, já descendo do palco. O professor Maurício dá uma corridinha até a parte de trás do auditório e fala, no exato tom que quer que a gente use: — Tão vendo aquele ventilador ali no teto? Quero que vocês conversem com ele, e eu e o Vini vamos ficar aqui atrás tentando ouvir vocês.

Com uma determinação que chega a ser engraçada, Vinícius se levanta de seu lugar e corre até onde o professor está. Como sempre, assim que sinto a atenção dele sobre mim, sou tomada por uma vergonha e um desconforto que me deixam um pouco sem reação.

— Podem recitar as falas de vocês — o professor anuncia.

Ao meu lado, todo mundo começa a falar ao mesmo tempo. Não sei se ele realmente espera escutar alguma coisa, mas eu que estou aqui do lado não consigo entender absolutamente nada.

— Não é pra gritar — ele avisa aos berros, ainda mais alto que todos nós. — Falem com o diafragma!

Algumas vozes ficam mais baixas ao meu lado, e eu respiro profundamente.

Meus olhos encontram os de Vinícius no fundo do auditório e ele sorri para mim. Seu sorriso é ao mesmo tempo divertido e encorajador. E, por mais que meu estômago se agite com essa visão, ela também me dá forças para continuar.

>>> <<<

De alguma forma, o exercício do professor Maurício me deixa um pouco melhor. Ainda estou revivendo as palavras de Natan na cabeça quando o ensaio acaba, mas não me sinto mais tão pesada.

Desde que minha mãe começou a trabalhar, tenho ficado no colégio até depois das seis nos dias que tenho teatro. Falei para meus pais que poderia pegar um Uber ou mesmo ir andando, mas minha mãe faz questão de me pegar. Então, quando o ensaio acaba, não tenho pressa alguma para juntar minhas coisas.

Aos poucos, todos os alunos vão saindo, menos Vinícius, que permanece sentado no teclado, tocando alguma música bem baixinho. Se eu não tivesse passado a conhecê-lo tão bem, talvez até achasse que ele está distraído, mas os ombros de Vinícius estão tensos e, enquanto o observo, ele erra uma das notas.

— Acho que nunca te perguntei por que você topou fazer parte do teatro — comento, me sentando na beira do palco. — Não parece valer tanto a pena, considerando o tempo que você perde só assistindo aos ensaios.

— Não tenho nada melhor pra fazer em casa. — Ele para de tocar e dá de ombros, mas seu olhar não parece tão descontraído assim. Quando não respondo, ele completa: — A casa ficou meio vazia depois que meus pais se separaram...

E as coisas estão um pouco estranhas entre mim e a minha mãe.

— *Disso* eu entendo bem — digo, em um tom irônico.

— Seus pais são bem rígidos, né? — soa mais como uma afirmação do que como uma pergunta.

Qualquer pessoa que tenha saído comigo pelo menos uma vez desde que me mudei pode dizer isso.

— Eles não eram, mas depois de tudo o que aconteceu... — Agora sou eu quem dá de ombros para fingir que não se importa. — Não é à toa que eles me colocaram no Santa Cecília.

— Se eles soubessem tudo o que acontece aqui...

Sei que não é a intenção, mas sua frase me lembra imediatamente de Joana e Renan aos beijos entre os prédios da escola. Sinto meu rosto esquentar e não consigo impedir meus pensamentos de imaginarem como seria se fôssemos eu e Vinícius.

— Pois é... — Solto uma risada baixinha e forçada, e então pigarreio. — O que você tava tocando antes?

— Tô tentando aprender "Solfeggietto", é uma música relativamente fácil. — Ele se inclina novamente sobre as teclas e começa a tocar de leve. — Mas tô fazendo umas cagadas idiotas.

Como sempre acontece quando Vini toca, parece que ele é transportado para outro lugar. O som ainda é baixinho, mas, de alguma forma, preenche todo o auditório, me fazendo levantar, sem nem me dar conta, e me aproximar do teclado.

A música parece mesmo difícil, e não consigo deixar de me surpreender com a facilidade com que suas mãos deslizam de um lado ao outro do teclado, como se não fosse nada demais.

— Você já tocou alguma vez? — ele pergunta, sem tirar os olhos das teclas à sua frente.

— Não.

— Senta aqui então. — Vinícius para de tocar e se mexe no banquinho, abrindo apenas o espaço suficiente para eu me sentar ao seu lado.

Por um momento, encaro o banco, pensando no quão próximos ficaremos um do outro. Então engulo em seco e me sento ao seu lado, sentindo toda a lateral do meu corpo encostar na dele. Como se isso não fosse suficiente para me deixar sem ar, Vinícius pega minhas mãos nas suas e começa a tocar as mesmas notas de antes, só que mais devagar. Um arrepio percorre todo o meu corpo e preciso contorcer os pés dentro do tênis para não estremecer. Ele, por outro lado, parece quase inabalável com toda a situação.

— Eu tenho que fazer uma sequência de Sol, Si, Ré, Sol. — Sua voz sai um pouco mais rouca que o normal enquanto guia meus dedos pelas teclas. — E é quando chega no Fá que eu sempre erro. — Vini leva minha mão, com cuidado, até outra nota e a deixa descansar ali por um instante.

Não consigo falar nada.

Não consigo sequer respirar.

Tenho certeza de que ele é capaz de ouvir meu coração martelando no peito enquanto o silêncio se estende. Já é tarde demais para ter alguém nessa parte do colégio, então o único som audível é o da nossa respiração.

— Eu menti — ele diz tão baixinho que cogito ter imaginado.

— Como assim? — devolvo no mesmo tom.

— Sobre estar participando do teatro por causa da minha mãe. — Sinto que ele se vira de leve para me encarar, mas não consigo olhá-lo de volta. — Foi por isso também, mas eu me ofereci pro professor Maurício porque...

A voz dele morre de repente, e tenho quase certeza do que ele quer dizer, mas preciso *ouvir*.

Então me viro, apenas o suficiente para fitar seus olhos. Estamos tão perto um do outro que consigo sentir sua respiração. O verde de seus olhos me encara de volta por um momento, mas ele o desvia para a minha boca.

Seus lábios se abrem de leve e eu engulo em seco.

— Por quê? — insisto, precisando da resposta.

— Porque queria uma desculpa para ficar perto de você — Vini diz ainda mais baixo, tão baixo que mal consigo ouvi-lo.

Mas as palavras pairam no ar, e eu sei que é minha vez de tomar alguma atitude. Então, antes que o fato de estarmos no colégio e de que podemos ser pegos por uma das irmãs a qualquer momento me impeça, me inclino para mais perto dele. Como se esse fosse o convite de que Vinícius precisava, ele passa a mão com cuidado pelo meu pescoço e me puxa, envolvendo minha boca com a sua.

Faz tanto tempo desde que dei meu último beijo que quase estranho a sensação macia e doce de nossos lábios e línguas se unindo. Vinícius me puxa ainda mais pelo pescoço, encostando o peito no meu, o que me faz arfar sob seus lábios. A sensação é ainda melhor do que eu havia imaginado, e preciso me segurar para não o puxar para ainda mais perto de mim.

Então meu celular toca no bolso, avisando que recebi uma mensagem.

— Meu Deus, a minha mãe! — Fico de pé em um pulo, finalmente me lembrando onde estamos e todos os motivos pelos quais não deveríamos estar fazendo isso.

Quando olho para Vinícius, no entanto, ainda sentado no banco, me encarando com um sorriso bobo, não consigo achar que o que fizemos é errado.

— Eu preciso ir — digo, sem conseguir conter um sorrisinho também.

— Até amanhã — ele responde.

— Até amanhã.

E, antes que eu possa mudar de ideia, me inclino sobre o banco e dou um selinho rápido nele, o coração martelando cada vez mais forte no peito. Saio correndo do auditório, sem olhar para trás, e só paro para ver a mensagem quando chego ao lado de fora. Mas não é da minha mãe, é de Larissa.

Larissa (17:28):
> Nina, você viu a última DM que mandaram lá no perfil?

Nina (17:30):
> Não, vou ver, peraí

Respondo, ainda meio anestesiada com tudo que acabou de acontecer com Vinícius. Já começo a dar meia-volta até o auditório, para ficar lá com ele até minha mãe realmente chegar.

Eu deveria ter suspeitado que havia algo de errado por ela ter mandado a mensagem só para mim e não no grupo. Ou depois, quando vejo que a DM é de Thiago. Mas ainda estou tão afetada pelo beijo que sou pega completamente de surpresa.

Thiago não mandou um texto ou uma fofoca. Ele mandou uma foto.

A *minha* foto.

CAPÍTULO VINTE E UM

Não tenho reação nenhuma quando vejo a imagem. Sinto uma fisgada no peito, mais de surpresa do que qualquer outra coisa. Nada além disso.

Faz tanto tempo que não a vejo que quase não a reconheço como minha. A garota que está em frente ao espelho nem se parece mais comigo. Ainda não faz nem um ano, mas é como se tivesse uma década entre mim e a Catarina que me encara de volta.

Ela é uma criança.

Uma criança muito mais inocente do que eu.

Aquela Catarina segura o celular em uma mão enquanto a outra está apoiada sobre a bancada do meu antigo banheiro. Ela está com os peitos projetados para frente, tentando fazê-los parecerem maiores, e apesar de a foto estar cortada na cintura, sei que a bunda também estava empinada para trás. Seu corpo é mais esguio que o meu, mas também é muito mais infantil.

Sua boca está entreaberta e um olhar, que deveria parecer sexy, encara a câmera como se ela soubesse exatamente o que estava fazendo. Só que ela não sabia, e qualquer pessoa que vê essa foto percebe isso.

Afasto as lágrimas que teimam em descer pela minha bochecha.

Meu celular está vibrando, a notificação de mensagens aparecendo no topo da tela, mas não consigo desviar os olhos da foto. Eu a vi pouquíssimas vezes depois de mandá-la para Brendon, e em todas elas foi porque outras pessoas queriam me mostrá-la para tirar sarro da minha cara ou me provocar. Nunca a vi de forma deliberada, estudando-a como agora.

Imaginei que fosse sentir vergonha, como sempre que me lembro de tudo que aconteceu, mas só consigo sentir raiva. Sou tomada por um ódio em solidariedade à Catarina na minha frente, que não merecia ter passado por tudo isso só porque queria agradar o namorado com algo que deveria ser privado entre os dois. Sinto uma fúria incontrolável por Joana e por todas as meninas que, mandando fotos para o namorado ou para um *crush* qualquer, nunca pretenderam que o resto do mundo visse seus corpos e, ainda assim, foram expostas e humilhadas.

Fecho o aplicativo, sem saber exatamente como reagir, e decido procurar meu nome no Google, sem entender *como* ele conseguiu a foto.

Ao contrário de muitas meninas que tiveram seus futuros arruinados porque viraram notícia e seus nomes vinculados às fotos para o resto de suas vidas, eu tive sorte. Minha foto foi compartilhada em vários grupos de WhatsApp, tanto da minha escola como de outras escolas de Florianópolis, mas nunca foi além disso. Meus pais decidiram não ir às autoridades e o caso não virou notícia.

Então, como era de se esperar, não aparece nada de mais quando pesquiso Catarina Pereira Lino. Nenhuma foto. Nenhuma reportagem. Nada que indique tudo pelo que passei.

Meu coração se aperta ainda mais porque só existe uma pessoa que eu e Thiago conhecemos que teve acesso à foto: Vinícius.

Olho para o auditório atrás de mim, me perguntando se ele teria feito isso comigo. Penso em voltar até lá e confrontá-lo, implorar que ele me diga que não me traiu dessa forma e que nosso beijo foi tão significativo para ele quanto foi para mim.

Em vez disso, mando uma mensagem para Larissa.

Nina (17:32):
Acabei de ver

Não posta, por favor.

Larissa (17:32):
É claro que não!

Por mim, a gente bloqueava esse babaca

Mas achei que era melhor deixar pra vc ver

Nina (17:32):
Obrigada

Só esquece que você viu isso

Larissa (17:33):
Esquecido

Tô aqui pra qualquer coisa, tá?

Me limito a mandar um coração.

Bloqueio a tela do celular e encaro a escola na minha frente, sabendo que talvez tudo no Santa Cecília mude a partir de amanhã.

Como foi que eu consegui estragar tanto a minha chance de recomeçar?

>>> <<<

Não vou para a aula no dia seguinte.

Minha mãe passa no meu quarto às 7h20, quando percebe que não me levantei ainda. Ela está apressada e entra em um rompante, mas não me mexo.

— Nina, você perdeu o horário — diz em um tom esganiçado, acendendo a luz.

Ela me encara por apenas um momento quando não respondo, mas é o suficiente para entender. Não sei *o quê* exatamente ela entende, mas vejo suas feições mudarem para preocupação.

— Nina? — Ela dá dois passos incertos e vagarosos em minha direção. — O que aconteceu, filha?

— Nada. — Minha voz parece estranha até para mim.

— Ah, Nina... — Ela soa tão abalada que quero chorar.

Nesse momento, sei que minha mãe acha que minha foto vazou de novo. Quero explicar que não foi exatamente isso, apesar de achar que existe uma grande chance de Thiago ter mandado para todo mundo a essa altura.

Mas sinto um cansaço extremo, como se até abrir a boca fosse um exercício. Parte disso é porque não dormi direito à noite. Peguei no sono algumas vezes, apenas para sonhar com Joana, Thiago ou Brendon, e então acordar com o lençol todo revirado e uma vontade de vomitar que não passava.

Os olhos da minha mãe varrem meu rosto, como que procurando alguma resposta sobre o que fazer agora, e então ela olha para o teto, talvez pedindo a Deus que a gente não passe por tudo aquilo novamente. O problema é que minhas orações não são atendidas, e eu tenho rezado *muito* desde que entrei no Santa Cecília.

Ela se aproxima e bota a mão gelada na minha testa. Não acho que estou com febre, mas quando minha foto vazou, fiquei *fisicamente* doente, como se minha mente não pudesse mais aguentar a dor sozinha e tivesse que dividi-la com o restante do meu corpo. Agora, no entanto, não sinto nenhum dos sintomas que tive da outra vez.

— Vou avisar que não posso ir pro trabalho hoje — ela diz, e limpa uma lágrima da minha bochecha.

Nem percebi que estava chorando.

Seus saltos ecoam pelo chão de madeira e então ela começa a falar baixinho com meu pai, os dois trocam sussurros que não consigo distinguir.

Alguns segundos depois, ele aparece no meu quarto, acompanhado de Luna, que corre até a cama e se aninha do meu lado.

Ao contrário da minha mãe, ele não parece hesitante quando se aproxima de mim. Em vez de se sentar na ponta como acho que vai fazer, ele dá a volta e se deita do meu outro lado, apesar de ser uma cama de solteiro e não ter espaço suficiente para nós três.

Meu pai me puxa para seus braços e deito a cabeça em seu ombro. Sinto o calor de seu abraço e ouço seu coração em um ritmo lento, que me parece dolorido.

E então caio no choro.

Não lágrimas silenciosas como a que minha mãe acabou de limpar. Um choro de verdade, com soluço, dor e desespero. Um choro que ecoa tudo que aconteceu nos últimos meses, todas as palavras horríveis que ouvi e olhares maliciosos que recebi.

Um choro por algo que eu achava que já tinha superado e que não esperava sentir novamente, mas, agora que está aqui, percebo o quanto precisava extravasar isso de dentro de mim.

⋙ ⋘

Meu pai sai para trabalhar quase uma hora depois, quando enfim consigo encontrar as palavras para dizer que a foto não vazou de novo. Sei que deveria explicar o que aconteceu e pedir sua ajuda para resolver a situação, mas seu alívio é tão visível que não consigo me obrigar a contar.

Fico sozinha até o horário do almoço, quando minha mãe aparece com um prato de sopa — é o que ela cozinha *sempre* que tem algo de errado, mesmo que eu não esteja doente ou que esteja fazendo mais de trinta graus, como hoje.

De alguma forma, as batatas e o frango parecem fazer o serviço deles porque, quando termino, estou me sentindo mais disposta. Não o bastante para me levantar da cama, mas o suficiente para pegar o celular, ver o que perdi nessas últimas horas e pensar no que fazer a respeito de Thiago.

Tecladista Gostosão (07:36):
Você não vem hoje?

Tecladista Gostosão (10:02):
Tá tudo bem? A Lari disse que você e a Jô não vieram hoje

Sei que deveria respondê-lo. Vinícius me mandou duas mensagens ontem depois do nosso beijo. A primeira falando que finalmente tinha conseguido tocar "Solfeggietto", a segunda apenas me desejando boa noite. No seu lugar, eu já estaria com milhares de teorias justificando minha falta de resposta, e todas teriam alguma coisa a ver com o beijo ter sido terrível.

Não quero que ele pense assim, principalmente porque a tarde tinha sido perfeita até eu receber a mensagem de Larissa. Mas também não consigo conversar com ele, não enquanto tenho qualquer dúvida de que possa ter sido ele a enviar a foto para Thiago.

Estou tentando decidir se devo responder qualquer coisa quando Lari me manda uma mensagem.

Larissa (13:08):
> Nina, você tá bem??

> Sei que você deve estar preocupada, mas não tem ninguém falando da sua foto

> Eu falei com o Thiago e ele prometeu que não ia mandar pra ngm

A última mensagem me deixa muito mais leve. Saber que Thiago não pretende me expor para o resto da escola, mesmo que apenas por enquanto, tira um peso enorme de cima de mim. Pelo menos terei um tempo para pensar no que dizer para ele e tentar reverter a situação.

Nina (13:09):
> Obrigada por ter falado com ele

> Vc é uma amiga incrível, sério

> Não sei o que faria sem você e a Jô

Depois de enviar a mensagem, paro para pensar no quanto ela é verdadeira. Nessas últimas semanas, Larissa se mostrou uma amiga maravilhosa, não apenas para mim, mas para Joana também. Sempre disposta a nos defender com unhas e dentes. Não consigo nem imaginar como deve ter sido difícil para ela conversar com Thiago e ter que admitir que é uma das responsáveis pela página.

    E é assim que tenho certeza de que, independentemente do que acontecer, tudo vai se ajeitar no final, desde que eu tenha minhas amigas ao meu lado.

CAPÍTULO VINTE E DOIS

Sou obrigada a ir para aula na segunda-feira, por mais que queira muito passar mais um dia na cama com Luna. Apesar de ter conversado bastante com Joana, Larissa e Gisele ao longo do final de semana e que elas tenham me garantido que a situação com Thiago vai se resolver, gostaria de adiar esse momento o máximo possível.

Tudo em que consigo pensar enquanto me arrumo para ir ao colégio é que vou encontrar duas pessoas que me viram nua. Isso se eu tiver sorte e o Thiago realmente não tiver compartilhado a foto com seus amigos.

Fiquei tão desacostumada desde que troquei de colégio, que tinha me esquecido da sensação ruim e da vergonha de imaginar que vou passar por Thiago no corredor e ele vai estar visualizando meu corpo por baixo da blusa. Vou me sentar atrás de Larissa e ela vai estar na minha frente me lembrando de como fui burra e idiota.

Preciso de toda a minha força de vontade para ir à aula, dessa vez de calça e não com a saia plissada que vinha usando nas últimas semanas.

Como Thiago estuda na outra sala, não o encontro antes de a aula começar. Preciso conversar com ele o quanto antes, implorar que não mostre a foto a ninguém, mas confesso que sinto certo alívio por ganhar algumas horas antes de ter que encará-lo.

De Larissa, por outro lado, não tenho como fugir.

Entro na sala de cabeça baixa, esperando que ela vá me encarar com uma expressão de pena ou até indignação, mas ela não faz nenhum dos dois. Assim que me sento no meu lugar de sempre, Larissa se vira para trás e dispara:

— A Irmã Jociane terminou com as turmas do terceirão na sexta, acho que hoje ela vem na nossa sala — ela informa.

Encaro seus olhos, buscando qualquer indício do que está pensando sobre a foto, mas é como se ela tivesse levado a sério meu pedido para esquecer o que viu. Larissa apenas me olha de volta, apreensiva com a nossa situação.

Agradeço mentalmente por não ter que lidar com a preocupação da foto por enquanto.

— A gente vai continuar negando? — pergunto em um sussurro, com medo de que alguém possa nos ouvir.

— Sim — ela assente. — A Jô ainda não chegou, mas me disse que vinha hoje. Só temos que confirmar com ela.

Concordo com a cabeça, respirando fundo e repetindo para mim mesma que ninguém vai descobrir se nenhuma de nós três der com a língua nos dentes.

É esse pensamento que me faz ter forças para continuar quando uma das irmãs enfim aparece na nossa sala, logo no início da manhã.

Achei que fosse começar por ordem alfabética, mas ela chama primeiro Joana. Assim que ouve seu nome, Joana se encolhe na cadeira como se pudesse desaparecer. Ela se vira para nós duas, um olhar apavorado no rosto, e então se levanta e se dirige até a porta como se estivesse indo para a forca.

A conversa dela demora cerca de dez minutos e então a irmã aparece novamente, com uma Joana mais relaxada ao seu lado. Isso me traz certo alívio e me faz respirar melhor, até que o nome de Larissa é chamado.

Isso não pode ser um bom sinal.

Se a irmã está chamando fora da ordem alfabética, só temos duas opções: ou é aleatório — e seria coincidência demais Larissa vir depois de Joana — ou ela tem uma lista de suspeitos. E se ela desconfia de Larissa e Joana, quer dizer que ela sabe de alguma coisa e que vou ser a próxima.

Não consigo prestar nenhuma atenção na aula depois disso.

Larissa demora um pouco mais que Joana, e durante todo o tempo que ela está fora, fico rabiscando no meu caderno. Faço alguns desenhos aleatórios, como uma forca, um coração partido e várias formas abstratas.

Quando ela enfim volta, também está com uma expressão mais calma. Dessa vez, a irmã não chama o nome de mais ninguém. Apenas a deixa na sala e sai.

Larissa vem correndo até seu lugar e se vira rapidamente para mim:

— Relaxa, ela só queria fazer mais umas perguntas sobre o incidente com Natan — Lari sussurra, animada por ter se safado. — Ela queria saber por que ele acusou Joana e por que eu fiquei tão irritada.

— Vocês ainda não tinham conversado? — Franzo as sobrancelhas, confusa. — Achei que você tinha sido chamada no outro dia por isso.

— Não. — Ela balança a cabeça. — Ela deu um esporro por causa da briga, mas não entrou em nenhum detalhe sobre "a santa".

Assinto, devagar, tentando entender o que isso significa para mim.

Talvez o fato de eu ser uma aluna nova seja o suficiente para que eu me safe. Mas a ilusão dura menos de cinco minutos. Logo, a irmã bate à nossa porta novamente e chama o último nome que eu gostaria de ouvir. Larissa se vira para mim com a mesma expressão tranquila, como quem diz que está tudo bem e que vai ser só rotina. Mas eu sei que ela está errada.

Eu não tive nada a ver com a briga com Natan, então *por que* eu seria chamada depois das duas?

Acompanho a irmã até a sala da direção, os ouvidos zunindo com o barulho que vem das outras salas de aula. Parece uma tortura que a gente tenha que subir dois lances de escada até o corredor bordô onde vou levar a maior bronca da minha vida. Estou tão nervosa quando chegamos à sala da Irmã Jociane que meu coração deve ter chegado a uns duzentos batimentos por minuto. E tudo só piora ainda mais quando passo pela porta.

A irmã está em sua posição confortável atrás da mesa, as mãos cruzadas sobre o tampo e um olhar incisivo que me faria criar poças de suor no chão se isso já não estivesse acontecendo. Mas essa não é a pior parte. O que realmente me assusta está do outro lado da mesa, de frente para a irmã.

Vinícius me encara, como se não tivesse a menor ideia do que fazer.

CAPÍTULO VINTE E TRÊS

Vinícius não teria me dedurado, teria? Tento decifrar o olhar que me lança, mas não consigo entender se ele também está com medo ou se está apenas me dizendo "eu te avisei" mais uma vez. Não consigo entender o que tudo isso significa. Foi ele quem mandou a foto para o Thiago? E passou esse tempo todo fingindo se aproximar, até finalmente conseguir um beijo? E depois me traiu e me dedurou para a irmã? Nada disso faz sentido, mas nenhuma outra possibilidade se encaixa também.

— Catarina? — A voz da irmã me desperta, e só então percebo que ainda estou parada, encarando Vinícius.

Fecho a porta atrás de mim, com cuidado, e me sento na cadeira vazia.

Consigo sentir o olhar de Vinícius queimando meu rosto, mas continuo empertigada, olhando para a irmã, como se fôssemos apenas nós duas na sala. Não quero dar a ele o prazer de ver o quanto estou afetada com tudo isso.

— Eu chamei os dois aqui para dar a vocês a oportunidade de me contarem caso estejam envolvidos com qualquer coisa relacionada àquela página. — A irmã se inclina sobre a mesa, seu olhar pesado indo de mim para Vinícius.

Nós dois ficamos em silêncio.

Os segundos se estendem enquanto ela encara Vinícius e tudo que se ouve na sala são nossas respirações pesadas. Então, ela se volta para mim de novo. Eu me obrigo a continuar com os olhos colados nos dela. Por mais que meu corpo inteiro implore para desviar o olhar, sei que seria a mesma coisa que admitir que sou eu.

— Certo. — Sua voz se arrasta enquanto ela se ajeita na cadeira, recostando-se atrás. — Nós estamos dando essa oportunidade para que a pessoa responsável, ou *as pessoas responsáveis* — ela frisa o plural, olhando de um para o outro de novo —, assuma seu erro e não seja punida por isso. Quero que vocês saibam que, caso o responsável não assuma agora, haverá severas consequências.

Silêncio.

Aperto minha mão ao lado da perna, tentando me acalmar.

Só preciso respirar fundo e me lembrar do que Larissa disse: se nenhuma de nós assumir, a irmã *não tem* como descobrir.

A não ser que ela envolva a justiça ou a polícia, o que não vai acontecer.

— Eu queria lembrar vocês que a última acusação, sobre o professor Reginaldo, é bastante grave. — Dá para sentir em sua voz que ela está perdendo a paciência. — Ele não apenas se envolveu com uma aluna, o que é uma transgressão gravíssima dos códigos da escola, mas se envolveu com uma garota *menor de idade*. Vocês sabem o que isso significa?

Silêncio.

Dessa vez, arrisco um olhar de soslaio na direção de Vinícius. Ele está tão tenso quanto eu, o queixo erguido e o olhar fixo na irmã.

Se ele não está aqui para me dedurar, o que veio fazer então? Por que a irmã chamaria nós dois e não eu, Larissa e Joana? Lari acabou de me garantir que não foi sobre isso que a Irmã Jociane conversou com elas.

— Vinícius — ela o perscruta com aquele seu olhar assustador —, quer me dizer alguma coisa?

— Não, senhora. — Sua voz soa mais firme do que eu esperava.

— Catarina — ela se vira para mim e me encara com tanta firmeza que juro que pode ver minha alma —, quer me dizer alguma coisa?

— Não, senhora — repito as palavras dele, mas sem tanta certeza quanto gostaria.

A Irmã Jociane suspira, balançando a cabeça de um lado para o outro, como se estivesse extremamente decepcionada.

— Um de vocês pode me explicar, então, sobre o que estavam falando antes da aula de teatro na última terça-feira à tarde? — ela pergunta, em uma voz cansada.

Meu coração bate forte no peito enquanto tento lembrar do que diabos ela está falando.

Terça-feira à tarde foi o dia que eu e Vinícius nos encontramos na frente do auditório? Mas não tinha ninguém por perto, eu me certifiquei disso.

Olho para ele, mas Vinícius parece tão abalado quanto eu. Suas bochechas estão com dois círculos vermelhos bem no centro, como se ele tivesse exagerado no blush, e sua boca está entreaberta, como se estivesse procurando palavras para se expressar, mas não conseguisse encontrá-las.

Não foi ele que nos trouxe aqui, então?

— Um aluno ouviu vocês conversando, perto do auditório, se deveriam ou não deletar a página — a irmã continua no mesmo tom, levemente mais irritado. — E se deveriam ou não falar com a direção.

Um zunido toma conta do meu ouvido e meu coração bate ainda mais rápido. Só preciso respirar e ficar quieta. Enquanto eu não admitir, ela não tem o que fazer, certo?

Certo?

Vinícius deve estar mentalizando a mesma estratégia, porque também não sai uma palavra da boca dele.

— Enquanto a gente não tiver uma confissão, vamos continuar investigando... — Ela se inclina novamente sobre a mesa, olhando no fundo dos olhos de Vinícius dessa vez. Sua voz soa tão assertiva que sou obrigada a desviar o olhar para o meu colo, as mãos apertando uma à outra para recobrar a estabilidade. — Mas temos uma testemunha que ouviu vocês dois falando sobre o assunto e, vocês admitindo ou não, já é motivo suficiente para expulsar os dois.

Meu olhar dispara de novo para ela.

Irmã Jociane continua inclinada na direção de Vinícius. Ele, por outro lado, está olhando para o tampo da mesa, como se pudesse, assim, evitar tudo que está acontecendo. Consigo ver a gota de suor escorrendo pela lateral do seu rosto. Agora, ele não está mais vermelho, está *pálido*. Quero sussurrar que ela está blefando. Ela não pode nos expulsar sem provas. *Não pode.*

— Caso algum de vocês admita, a gente pode pensar em uma punição mais branda, como uma suspensão.

Dá para ver o exato momento em que ele decide ceder.

Vinícius levanta a cabeça devagar e fecha os olhos com força. Ele ainda está branco como um fantasma, mas suas bochechas vão recuperando um pouco do vermelho de antes. Ele respira fundo e se vira para mim, como se quisesse me dar uma chance de fazer a coisa certa.

Ela está blefando, tento dizer telepaticamente. *Ela não pode nos expulsar sem provas. Ela não quis punir Thiago antes, não pode fazer isso com a gente agora!*

Mas a mensagem não chega. Sei disso quando ele morde o lábio inferior e suspira, como se estivesse decepcionado.

— Fui eu — ele diz em um fio de voz, virando-se de novo para ela. — Fui eu que criei o "Sta. Cecília Sem Filtro" e postei todas aquelas fofocas.

A irmã também suspira, um alívio tão claro que tenho vontade de gritar. Ela estava nos manipulando! A escola não podia fazer nada!

— Obrigada pela honestidade. — Sua voz continua firme, mas a mudança é tão clara que chega a ser ridículo. Se não fosse a nossa presença, tenho certeza de que ela sairia dando pulinhos em comemoração pela sala. Vinícius acabou de tirar um problemão dos ombros dela. — Como você se prontificou, consigo te dar apenas uma suspensão, mas sou obrigada a te punir para mostrar aos outros alunos que esse tipo de comportamento é inaceitável.

— Claro — ele diz, baixinho.

— Sua suspensão das aulas matinais será de uma semana e de um mês para as atividades extracurriculares. — Ela pega uma ficha com o nome de Vinícius em sua mesa e faz uma anotação. — Você faz parte do coral e do teatro, certo?

— Sim.

— Vou conversar com os professores depois, tenho certeza de que eles vão entender.

— Tudo bem — ele concorda, quase inaudível.

— E você, Catarina — a irmã se vira para mim, com a dureza voltando para seu olhar de repente —, quer acrescentar alguma coisa?

Preciso de todo meu esforço para não cair no choro.

Não acredito que isso está acontecendo, que Vinícius está levando a culpa por mim. Eu sei que deveria pular e dizer que ele está mentindo, que está fazendo isso apenas para me defender porque é um ótimo amigo. Um amigo que não mereço.

Mas também sei o que vai acontecer quando a notícia se espalhar: toda a escola vai falar sobre Vinícius, vão olhar para ele da mesma forma que me olhavam no Professor Gilberto. Vão sussurrar quando ele passar e rir na sua cara, como se ele não tivesse sentimentos.

Eu não desejaria isso para ninguém, nem mesmo para Brendon.

Mas, acima de tudo, não desejo isso para mim.

— Não, irmã — digo, por fim, a voz falhando. — Não quero acrescentar nada.

CAPÍTULO VINTE E QUATRO

Estou com o material todo guardado na mochila dois minutos antes de o sinal bater. A professora nota e me lança um olhar de reprovação, mas não diz nada. Assim que o sino toca, me levanto em um pulo e saio em disparada.

Alguns alunos dão risadinhas atrás de mim, mas não me viro para ver quem são nem para ver as expressões de Larissa e Joana. Só tenho uma pessoa em mente agora: Vinícius.

Paro em frente à sala dele e fico sapateando nas pontas dos pés, tentando garantir que ele não saia sem que eu o veja.

Assim que Vinícius pisa para fora da porta, eu o puxo pela mão. Ele me olha com as sobrancelhas erguidas, surpreso com o gesto, mas se deixa levar sem resistir.

— O que aconteceu? — pergunto em um solavanco. — A irmã disse mais alguma coisa?

— Sobre você? — Seu tom é frio e ríspido. — Não.

— Não — balanço a cabeça de um lado para o outro —, sobre você! Aconteceu mais alguma coisa?

— E você se importa? — Vinícius franze a testa.

Dou um passo para trás, como se ele tivesse me batido com essa resposta.

— É claro que me importo! — Minha voz sai esganiçada.

— Não foi o que pareceu quando você me deixou levar a culpa por algo que foi você fez. — Ele cruza os braços, sem tirar os olhos rígidos dos meus por um único momento sequer.

— Isso não é justo. — Tento não parecer tão afetada, mas é difícil esconder a mágoa em minha voz — A gente tinha combinado de negar até o fim, não era pra você ter falado nada.

— Ela ia expulsar *nós dois!* — Agora, dá para ouvir a raiva em sua voz.

— Não ia! — Balanço a cabeça com ainda mais força, sentindo um nó se formando na minha garganta. — Ela não podia expulsar ninguém sem provas.

— Mas ela tinha provas, Catarina! — Ouvir meu nome inteiro serve como outra bofetada. — Eu avisei que eles iam dar um jeito de descobrir e eles descobriram, acabou.

— Mas...

— Você teve diversas chances de contar a verdade, mas achou mais fácil deixar outra pessoa se ferrar no seu lugar. — Ele suspira, a tristeza tomando conta da sua voz. — Eu achei que a gente fosse amigo.

— Mas a gente é! — tento dizer.

— Na verdade, achei que a gente fosse mais do que isso. — Vinícius continua, como se eu nem tivesse aberto a boca. — E foi por isso que eu levei a culpa, porque amigos não deixam os outros se ferrarem sozinhos. E amigos — ele olha no fundo dos meus olhos, como se quisesse marcar essas palavras em minha alma — não se aproveitam dos outros desse jeito.

— Mas, Vini... — Começo, mas ele já está andando em direção ao portão.

Olho ao redor, procurando uma resposta, mesmo sabendo que não vou encontrar nenhuma. Porque Vinícius está certo. Desde o início, ele não foi nada além de ótimo para mim. Ele sabia do que tinha acontecido comigo e, além de não me julgar, fez tudo ao seu alcance para garantir que eu me sentiria bem-vinda na escola nova. Isso e, é claro, o beijo que trocamos no auditório. Como pude estragar tudo com tanta facilidade?

O que eu fiz em troca de tudo que Vinícius fez por mim? Desconfiei dele todas as vezes que surgiu qualquer dúvida. E, mesmo depois de ele me provar que estava do meu lado, magoei Vini. Eu realmente não mereço sequer ser ouvida.

Meu celular toca no bolso, me despertando. É uma mensagem da minha mãe avisando que chegou. O tempo que eu tinha para me resolver com Vinícius acabou, e nem consegui pedir desculpas. Ajeito a mochila nas costas e olho para o céu, tentando a todo custo segurar o choro até chegar em casa.

Quando abaixo a cabeça, dou de cara com Thiago, em frente ao portão do colégio. Lembro da foto que ele mandou para o perfil e sinto um arrepio gelado subir pela espinha. Tento encará-lo de volta, mas não consigo impedir que meus braços se cruzem em frente ao peito, enojada com a ideia de que ele possa estar se lembrando de como sou por baixo da blusa.

Eu achei que tinha chegado ao fundo do poço, mas meus problemas estão apenas começando.

⇉ ⇇

Está na hora de conversar com meus pais.

Consigo ouvi-los me dizendo que preciso contar à irmã, o que eu ainda não decidi se é ou não a melhor estratégia, mas acho que está na hora de correr esse risco. Não só porque a situação com o "Sta. Cecília Sem Filtro" foi muito além do que eu esperava, mas porque existe uma chance real de a minha foto vazar novamente.

    Da primeira vez, me esforcei para esconder deles. Estava com tanta vergonha e tanto medo, que fiz de tudo para que o assunto morresse sem que eles descobrissem. Passei dias ouvindo absurdos na escola, os sussurros de "gostosa" ou "puta" quando andava pelos corredores, e vendo os garotos imitando minha pose em frente ao espelho. Chegava em casa, ia direto para o meu quarto, chorava até minha cabeça quase explodir, e então caía no sono. Os dois sabiam que tinha algo errado, mas eu continuava dizendo que não era nada, torcendo para que talvez, assim, tudo simplesmente desaparecesse.

    Mas então, alguma aluna mostrou aos pais, que eram conhecidos dos meus, e decidiram contar para a minha mãe. Naquele dia, me arrependi de não ter sido eu a contar para ela. Minha mãe saiu do trabalho assim que ficou sabendo da foto, irrompeu pela porta da frente como uma força da natureza e gritou tanto comigo que, se minha cabeça já não estivesse doendo por causa do choro, teria começado a doer só por causa de seus gritos.

    Era um dia de chuva e ela chegou no quarto ainda segurando sua sombrinha. A cada palavra, ela batia com a sombrinha no chão como se quisesse, na verdade, bater em mim, e eu me encolhia na cama, como se ela estivesse de fato fazendo isso. Até hoje, acho que ela só não me bateu porque não tive coragem de abrir a boca nem para me desculpar nem para me explicar.

    Meu pai chegou menos de uma hora depois e foi direto para o quarto com a minha mãe. Eles ficaram trancados lá pelo que pareceu uma eternidade e, quando saíram, ela estava mais calma. Não o suficiente para me encarar, mas o bastante para deixar meu pai lidar com a situação.

Ele me pediu para explicar o que tinha acontecido e eu contei tudo nos mínimos detalhes, em prantos o tempo todo. Quando terminei, percebi o quanto me senti mais leve depois de abrir o jogo com eles. É claro que as coisas mudaram depois disso. Fiquei meses sem celular e computador e, quando minha mãe devolveu os aparelhos, estava monitorando tudo. Também não podia mais sair com ninguém além da Gi, e só porque nossos pais eram amigos.

Assim que descobriram, os dois ficaram tão irritados que tentaram levar Brendon à polícia. Meu pai e o pai dele tiveram uma briga bem feia que quase acabou em soco quando o pai de Brendon tentou dizer que era apenas coisa de adolescente. Graças a Deus, a briga não foi adiante e meu pai ouviu meus pedidos para esquecer o assunto.

Pelo menos as coisas melhoraram muito depois que eles descobriram. Meus pais conversaram com a direção da escola e o bullying diminuiu drasticamente, apesar de eu ainda ouvir os cochichos e receber bilhetinhos com algumas atrocidades quando nenhum professor estava olhando.

Eles também tiveram consequências no trabalho. Meu pai brigou com um cara depois de ouvir que isso era falta de surra, e minha mãe foi demitida, apesar de esse não ter sido o motivo oficial. No fim, todos nós concordamos que era melhor recomeçar em um lugar novo. Mas preciso admitir que os últimos meses em Florianópolis só foram suportáveis porque os dois intervieram.

E é por isso que tenho que conversar com eles agora. Não só porque sei que também serão afetados se Thiago decidir divulgar a foto, mas porque sei que, se a situação ficar feia novamente, os dois são os únicos com quem posso contar de verdade.

Eles chegam um pouco mais tarde que o normal, carregando diversas sacolas do mercado. Me prontifico para ajudar a tirar tudo do carro, o que arranca um sorrisinho satisfeito do meu pai. Quando todas as sacolas estão espalhadas pela cozinha, eu digo:

— Preciso conversar com vocês.

Meu pai para de assoviar na mesma hora e minha mãe larga a lata de milho que segurava. Os dois trocam um olhar como se dissessem "finalmente, chegou a hora", e então se viram para mim. Não é de se estranhar que eles estejam esperando alguma revelação depois das minhas oscilações de humor nos últimos dias.

— Minha foto não vazou de novo — começo com essas palavras para acalmá-los —, mas um menino descobriu sobre ela.

Nenhum dos dois diz nada. A boca de minha mãe se torna uma linha fina e consigo ver a sua mudança de expressão para raiva contida. Ela teve que trabalhar muito suas explosões nos últimos meses, e dá para ver que chegou a algum resultado. Ela quer gritar, mas se contém. Meu pai, por outro lado, parece apenas preocupado.

Decido contar tudo desde o início, sobre como Joana passou por uma situação parecida que despertou em mim todos os sentimentos que tinha suprimido desde a mudança. Como fui burra de achar que a vingança era a melhor estratégia e que podia resolver tudo sozinha.

Não tenho coragem de fitá-los enquanto digo tudo isso, então volto a guardar as compras. Sei que os dois estão parados me encarando, mas continuo guardando cada item enquanto narro todos os acontecimentos das últimas semanas. Já está quase tudo em seu devido lugar quando finalmente termino.

— E quinta ele me mandou a foto — digo, fechando um dos armários e, enfim, criando coragem para me virar para os dois.

Minha mãe está olhando para meu pai, não para mim. Seu rosto está todo vermelho, provavelmente da raiva que está sentindo de mim agora. Meu pai, como sempre, mantém a compostura. Ele ainda parece preocupado, mas nem de longe tão afetado quanto ela.

— Você deveria ter falado com a gente assim que sua amiga teve problemas! — Dá para ouvir a decepção em sua voz, como se ele esperasse mais de mim. — Esse é um assunto sério, vocês não devem lidar com isso sozinhas.

— Eu sei — me apresso em explicar. — Os pais dela sabem o que aconteceu, eu só… achei que ninguém realmente se importou como deveria. Tava todo mundo disposto a deixar ele sair impune.

— Filha… — Meu pai se aproxima e coloca uma mão em meu braço. — Achei que, depois de tudo pelo que você passou, você tivesse aprendido que a vida quase nunca é justa.

— Eu sei, eu só… — Eu só o quê? Esperava mudar o mundo? O que eu estava achando? Que se uma única garota de Criciúma pudesse mostrar para o resto do planeta que os caras não conseguem mais fazer isso e sair impunes, nenhuma outra garota passaria por esse inferno novamente?

— Eu entendo. — Ele aperta meu braço de leve e abre um sorriso fraco. — Você sabe o quanto eu queria que Brendon pagasse pelo que fez, mas isso não está nas nossas mãos. A gente pode fazer a nossa parte e notificar as pessoas responsáveis, mas *nunca* fazer justiça com as próprias mãos.

— O que você fez com ele também é bullying, Nina — minha mãe intervém, um tom bem mais doce do que eu esperava. — O que ele fez foi *extremamente* errado, a gente sabe disso. Mas dois erros não formam um acerto.

— Desculpa. — Mordo o lábio inferior e desvio o olhar para o chão, tentando conter o choro.

A vontade de chorar é um pouco pela culpa da confusão que causei e um pouco por medo de que minha foto vaze de novo, mas também de alívio. Dividir tudo isso com alguém, *com meus pais*, é como tirar um peso enorme das costas.

— Amanhã a gente vai falar com a direção do colégio pra resolver esse problema — minha mãe avisa.

— Posso tentar falar com ele primeiro? — Levanto os olhos, querendo mais do que tudo que a situação não fique ainda pior. — Quero me desculpar e pedir pra ele não fazer nada.

Os dois se olham, deliberando qual vai ser a resposta e, por fim, meu pai diz:

— Tudo bem, mas se você achar que tem *qualquer chance* de ele mandar a foto pra alguém, a gente vai falar com o colégio e com os pais dele, tá bom?

— Combinado! — Suspiro, aliviada.

Estou disposta a deixar os adultos resolverem os problemas, mas também quero tentar fazer a minha parte, já que fui eu mesma que deixei a situação sair tanto do controle.

— Eu sei que você amadureceu muito nos últimos meses — minha mãe se aproxima e pousa uma das mãos em meu ombro —, mas eu deveria ter insistido pra procurarmos uma psicóloga aqui também. Amanhã vou pedir indicação no trabalho pra gente resolver isso o quanto antes, tá bom?

Minha vontade é listar mais uma vez todos os motivos para não querer recomeçar a terapia. Eu sei o quanto esse acompanhamento foi importante para mim quando minha foto vazou, e estou bem ciente de que não teria superado se não fosse por isso. Mas não consigo me imaginar com outra profissional, ainda mais uma que não me acompanhou desde o começo.

Mas também sei que essa não é a hora de argumentar, então apenas assinto. A verdade é que, a essa altura, também acho que talvez tenha sido cedo demais para parar com as sessões.

— Agora, mocinha — a voz da minha mãe muda completamente, assumindo um tom bem mais duro —, vamos conversar sobre o seu castigo!

CAPÍTULO VINTE E CINCO

Pelo segundo dia seguido, chego no colégio esperando pelo pior. Olho para os lados na expectativa de que Thiago tenha mandado a foto para todo mundo e que as pessoas estejam apontando e cochichando sobre mim.

Mas ninguém olha na minha direção duas vezes.

Enquanto ando pelos corredores até minha sala, ouço o nome de Vinícius e "Sem Filtro" aos cochichos. Mas ninguém está falando de Catarina ou Nina. Isso não significa que ele não vai contar a verdade em algum momento, mas pelo menos posso respirar com mais calma por enquanto.

Entro na sala exalando tranquilidade e dou de cara com uma Larissa bastante agitada. Ela está sentada no lugar de sempre, mexendo no celular, enquanto seus pés batucam com força no chão.

— Onde você tava?! — ela dispara, antes mesmo que eu me sente.

— Como assim? — Franzo o cenho, confusa. — Ainda faltam quinze minutos para a aula começar.

— Eu te mandei um milhão de mensagens. — Ela larga o celular, mas continua se mexendo na cadeira como se tivesse com uma pulga na calcinha. — Você não tá nem recebendo.

— Ah, meus pais me botaram de castigo. — Encolho os ombros. Embora eu não esteja feliz com a situação, já me convenci de que poderia ter sido muito pior.

Eles me deixaram de castigo por tempo indeterminado, o pior tipo, já que a gente não faz ideia de quando a tortura vai acabar.

Estou sem celular — isso, pelo menos, eu sei que só vai durar até minha mãe precisar falar comigo e perceber que não foi a melhor das ideias tirar o nosso canal de comunicação —, sem notebook e tenho que ir de casa para a escola e da escola para casa. Sem mais "saidinhas", como minha mãe fez questão de pontuar. Eu estava aproveitando muito a minha liberdade recém-conquistada, mas, depois de tudo que fiz para Joana, Vini e Thiago, acho que não posso reclamar.

Também me obrigaram a falar com a irmã e com Thiago, não apenas sobre a foto, mas para me desculpar por tudo que causei. Essa última parte é a que mais me incomoda. Parece meio injusto que eu tenha que me desculpar com Thiago depois do que ele fez à Joana. Mas minha mãe disse várias vezes que não criou uma filha que faz bullying, independentemente do motivo. Por mais difícil que seja admitir, acho que ela tem razão.

— Você tá de castigo? Por quê? — Larissa ergue as sobrancelhas, os pés parando por apenas um segundo, mas então voltam ao ritmo frenético de antes. — Depois você me conta! Você ficou sabendo do Vini?

Por um momento, penso que algo ruim de verdade pode ter acontecido. Vinícius pode ter se acidentado, se mudado novamente, sido expulso do colégio...

— O quê? — Meu corpo todo sente os efeitos da minha linha de raciocínio nada agradável.

— Parece que ele disse pra irmã que é "a santa" e levou uma suspensão! — ela diz, como se fosse a maior fofoca. Quando não tenho nenhuma reação, Lari semicerra os olhos.
— Acho que foi pra te defender!

Finalmente, me sento no meu lugar e encaro o tampo da mesa, as bochechas queimando com a vergonha.

— Eu sei — digo, baixinho. — Eu tava junto.

Voltei tão desnorteada da conversa com a irmã que não pensei em contar para elas o que aconteceu. Talvez eu devesse ter falado, ao menos para evitar o grito abafado de choque que escapa de Larissa.

— Fala baixo! — peço, olhando ao redor enquanto os alunos vão entrando na sala.

A maioria deles está com cara de cansaço de quem foi arrastado da cama pelos pais, mas alguns nos olham com curiosidade.

— Como assim você tava junto? — Ela consegue parecer que está gritando comigo, mesmo falando aos sussurros.

— Sabe aquela hora em que a irmã me chamou ontem? Ele tava lá na sala — explico, a vergonha aumentando cada vez mais enquanto me lembro de como foi a conversa. — Algum aluno ouviu a gente falando sobre o perfil e nos dedurou.

— E ele simplesmente fingiu que era dele? — Larissa não consegue manter o tom de voz baixo, fica mais indignada a cada palavra. Quando confirmo com a cabeça, ela praticamente grita: — E você deixou?!

— O que eu deveria ter feito? — pergunto, apesar de a resposta ser óbvia.

— Falado a verdade, Nina!

— Você que disse pra não falar! — Tento me defender, apesar de já saber que não existe desculpa para o que fiz.

— Mas também não era pra deixar outra pessoa levar a culpa! — Ela balança a cabeça de um lado para o outro, como se estivesse decepcionada comigo.

Sei que eu estou.

— Eu já tô me sentindo culpada o suficiente, tá? — Consigo ouvir a impaciência na minha voz, mesmo sabendo que não tenho razão de falar assim com ela. — Eu só me desesperei e travei na hora, mas vou falar com a irmã.

Larissa me estuda por um momento, como que decidindo se estou perdoada ou não, e então assente.

— Eu vou com você, a gente assume a culpa juntas — ela oferece, mesmo que eu não mereça nem um pouco da sua compaixão.

— Não — sou o mais taxativa possível —, fui eu que comecei tudo isso e não vou deixar que mais ninguém pague pelos meus erros.

Lari abre a boca para retrucar, mas suas palavras são abafadas pelo som do sino tocando.

Fico aliviada com o fim da discussão. Sei que essa é a coisa certa a se fazer, mas não sei se teria coragem de negar caso ela insistisse para dividir a culpa comigo.

>>>> <<<<

— Para uma aluna nova, você tem visitado bastante a minha sala... — Essas são as primeiras palavras de Irmã Jociane quando bato à sua porta.

Abro um sorriso amarelo, mas o que gostaria de dizer é que eu sei e que também não estou nem um pouco feliz com isso.

Espero sentada enquanto ela termina algumas anotações em um caderno, aproveitando para organizar meus pensamentos. Quando ela me olha, me dando a vez, desato a falar:

— Eu queria começar dizendo que tô muito arrependida por tudo isso e que estou ciente dos meus erros, e que eu gosto muito do Santa Cecília e não quero ser expulsa. — As palavras saem em uma torrente, como se eu tivesse medo de que a irmã fosse me interromper a qualquer momento para me chutar para fora do colégio, o que é mais ou menos verdade. — Também queria deixar claro que jamais teria feito nada disso se achasse que as coisas iriam sair...

— Catarina — ela me interrompe, a voz dura —, respire e vá direto ao ponto.

— Tudo bem. — Respiro fundo e digo de uma vez: — O "Sta. Cecília Sem Filtro" não é do Vinícius, é meu.

Espero que ela comece a gritar comigo, que diga que sou uma mentirosa ou que isso é um absurdo. Mas é claro que a irmã jamais perderia a compostura. Ela simplesmente me encara e permanece em silêncio.

Então conto toda a história. Falo que não consegui ficar parada quando percebi que Thiago sairia impune depois daquilo que fez, que compartilhei com Vinícius e o convenci a assumir a culpa por mim — essa última parte é mentira, mas acho que é a melhor forma de garantir que ele não seja punido.

Acho que, de alguma forma, ela já sabia. Talvez, por causa da nossa conversa quando tudo isso começou, ela já tivesse alguma suspeita de que eu estava envolvida. Mas, como sempre, não dá para saber pela sua expressão.

Quando termino de explicar e me desculpar, ela diz que vai entrar em contato com a família de Vinícius, mas que vai manter uma advertência pela mentira dele. E, então, aplica a mim a mesma punição que ele tinha sofrido: uma semana de suspensão das aulas matutinas e um mês das atividades extracurriculares. Só consigo pensar no quanto o professor Maurício vai sofrer. Primeiro, pensou que havia perdido seu tecladista, agora vai perder a Prima Justina. Ainda assim, é menos que uma expulsão ou a prisão — o que eu realmente estava esperando.

— O Vinícius contou uma história estranha sobre não saber quem mandou a fofoca do professor Reginaldo, mas imagino que a senhorita saiba — ela diz quando termina o sermão. — E saiba também quem é a aluna envolvida.

— Sim — digo, com toda a firmeza que consigo encontrar dentro de mim. Eu já esperava essa pergunta e tenho a resposta pronta. — E posso contar pra vocês, posso até passar a senha do perfil, se vocês quiserem, mas vocês precisam me *garantir* que ela não vai sofrer nenhum tipo de punição e que o nome dela vai continuar sendo segredo.

— Catarina, a senhorita não está em condições de fazer nenhum tipo de exigência. — Seu cenho se franze apenas um pouco, só o suficiente para eu saber que a raiva está crescendo dentro dela.

Eu sei que ela tem razão e que não estou.

— Estou, sim — é o que respondo em vez disso, o queixo erguido. — Vocês precisam de mim se quiserem continuar essa investigação. E eu não gostei da forma como vocês trataram a situação do Thiago e da Joana, então quero ter certeza de que, dessa vez, vão fazer a coisa certa.

Por um momento, travamos um embate de olhares. Parece que estamos brincando de quem vai piscar primeiro, mas com expressões muito mais conturbadas. Sei que, se ela me ameaçar de expulsão, não tenho saída, mas estou contando que a pressão dos pais sobre o caso com o professor seja suficiente para fazê-la ceder.

— Eu posso garantir que apenas a direção vai saber de quem se trata — ela diz, e levanta a mão quando vê que estou prestes a agradecer. — E os pais da garota. Sou obrigada a comunicá-los.

Se Helena estivesse aqui, é provável que implorasse para a irmã não fazer isso. Mas, como alguém que já esteve em uma situação delicada e precisou da intervenção dos pais, concordo que essa é a coisa certa a se fazer.

— Combinado!

CAPÍTULO VINTE E SEIS

Demoro horas para ser liberada da sala da direção. Passo por um interrogatório extenso e sou obrigada a dar detalhes sobre a festa, meu relacionamento com Joana e Larissa — mantenho em segredo que as duas têm a senha da página e me ajudaram a escolher algumas das fofocas —, com Vinícius e com Thiago.

Também conto sobre todas as mensagens que me lembro de ter recebido.

Mas o foco principal está sobre o professor Reginaldo e a Helena. Quem enviou a mensagem, quando, se fiz alguma pergunta, se mais alguém tinha comentado algo sobre o assunto. Se algum dos alunos já desconfiava. Quais foram os comentários que recebi e apaguei.

Respondo tudo com calma e com a maior quantidade de detalhes que posso. Enquanto isso, a irmã vai anotando tudo em um caderninho.

Sou obrigada a compartilhar a senha — depois de entrar uma última vez para deletar a conversa com Thiago e a minha foto —, o que faz a Irmã Jociane erguer as sobrancelhas. Juro que vejo o esboço de um sorriso no canto de seus lábios quando lê o papel escrito "OthiagoEhUmOtario".

E então ela me libera, dizendo que posso assistir às últimas aulas de hoje, que minha suspensão começa amanhã. Isso significa que terei a segunda conversa complicada do dia.

Encontro Thiago assim que o sino toca. Ele está saindo da sala com um grupo de amigos, rindo de alguma coisa. Sinto um arrepio no braço ao imaginar que essa coisa pode ser a minha foto, mas preciso respirar fundo e me convencer de que não é, caso contrário não teria coragem de abordá-lo. Não preciso dizer nada quando me aproximo. Basta me ver para Thiago pedir licença aos amigos e me acompanhar até um canto mais afastado.

— Tava na dúvida se você tinha visto ou não — ele começa, antes que eu possa dizer algo.

— Eu vi — respondo com um suspiro. — Olha, eu...

— Eu não vou mandar pra ninguém — Thiago me interrompe antes que eu possa continuar. — Já até deletei do meu celular.

— Sério? — Fico sem reação. O discurso que passei a noite toda planejando em frente ao espelho vai por água abaixo de repente. — Você não mandou pro perfil esperando que fosse divulgado?

— Não. — Ele balança a cabeça, como se fosse óbvio. — Eu sabia que era você.

— Como? — Não consigo esconder a surpresa.

— A Joana me contou.

Essa conversa não poderia ser mais diferente do que eu estava esperando. Estava pronta para um Thiago agressivo e irritado. Achei que teria que implorar para que ele não mostrasse a foto a ninguém, dizer que jamais imaginei que tudo isso aconteceria. Mas ele está de braços cruzados, em uma pose quase relaxada, e parece apenas incomodado.

— Cara, eu sei que o que eu fiz com a Jô foi errado e que eu sou um otário de vez em quando. — Thiago parece até mesmo envergonhado quando diz tudo isso, encolhendo-se um pouco. — Mas eu não fiz nada daquilo de propósito. Eu perdi a cabeça quando vi ela se agarrando com o Renan, tava meio bêbado na festa e acabei mostrando pra uns amigos pra me vingar. Mas eu nunca teria mandado pra ninguém.

Sei que minha maior preocupação deveria ser impedir que minha foto vaze, mas ao ouvir suas palavras, não consigo conter a fúria que queima em meu estômago. Não vou tolerar que Thiago se faça de inocente.

— Isso não torna o que você fez menos pior — digo, em um tom mordaz.

— Eu sei. — Ele se encolhe ainda mais. — Não fui eu que terminei, sabe? Eu ainda amo a Jô, já me humilhei e pedi pra voltar mil vezes. Eu só perdi a cabeça naquela noite.

— E daí? — Consigo ouvir meu tom de voz mais alto, e uma parte do meu cérebro me lembra de que tenho muito mais a perder do que ele, mas não consigo me conter. — Que você tivesse ido tirar satisfação, cantado uma música na frente de todo mundo... sei lá, qualquer coisa! Qualquer coisa menos expor uma intimidade dela!

— Você acha que eu não estou arrependido? — Sua postura muda de vítima para uma muito mais agressiva de repente. — Eu já me ferrei bastante, você sabe bem. Mas *nada* foi pior do que conversar com Joana essa semana e ter que ouvir tudo que eu fiz de terrível enquanto ela chorava bem ali na minha frente.

— Tudo bem — resmungo, desviando o olhar. Nenhum de nós vai ceder e eu não posso me dar ao luxo de irritá-lo, então é melhor acabar com isso de uma vez. — Eu só queria te contar que fui eu que criei o "Sta. Cecília Sem Filtro" e me desculpar por tudo que te causei.

— Você não parece muito arrependida... — ele comenta, em tom de escárnio.

— Eu ainda acho que você merece coisa muito pior pelo que fez à Joana, você nunca vai entender tudo pelo que ela teve que passar — mordo o lábio, tentando conter o choro —, mas agora eu sei que, não importa o que você fez, não tenho o direito de fazer bullying com você também.

Thiago assente devagar, pensativo.

— Eu não pretendia mandar a sua foto pra ninguém — ele diz por fim, em um tom mais brando. — Aprendi minha lição. Só queria te dar um susto.

— Entendi. — Minha voz sai tão amarga quanto me sinto. — Pelo visto aprendeu muito bem a lição.

— Como se você fosse muito inocente! — Ele revira os olhos. — Você sabe que eu não fiz cirurgia nenhuma, né? E agora todo mundo fica me mandando link de propaganda de aumento peniano. Meu novo apelido pros meus amigos é Pintinho.

Talvez eu devesse me sentir vingada ou achar engraçado, mas só consigo sentir culpa. O que eu queria quando criei a página? Mais um adolescente que vai levar complexos sobre o corpo para o resto da vida?

— Desculpa — digo, com toda a sinceridade que há dentro de mim. — Eu juro que sinto muito. Se pudesse voltar no tempo, jamais teria feito essa droga de página.

— Se eu pudesse voltar no tempo, jamais teria mostrado aquele vídeo da Jô — ele responde.

De alguma forma, sei que está sendo completamente sincero. Sobre isso e sobre não ter mais a minha foto.

— Obrigada por não mandar minha foto pra ninguém.

— Não precisa agradecer — Thiago diz, mas seu tom é um tanto petulante. — Eu sei que fiz o mínimo.

— Só mais uma coisa... Onde você conseguiu a foto?

— Na internet. — Ele vai direto ao ponto, como se fosse simples.

— Mas não aparece nada disso quando você pesquisa meu nome.

Thiago desvia o olhar, como se estivesse envergonhado pelo que fez, e dá de ombros.

— Eu imaginei que tinha algum motivo para você ter ido tão longe e criado aquela página. Se fosse a Larissa que tivesse criado eu entenderia, mas você mal conhecia a Jô... — Seus olhos estão presos no chão, como se não conseguisse me encarar. — Depois que uma coisa vai parar na internet, você só precisa saber procurar.

Um arrepio gelado sobe pela minha espinha. Eu sempre soube disso. A partir do momento que Brendon resolveu compartilhar minha foto com o mundo — na verdade, a partir do momento que *eu* resolvi compartilhar com Brendon —, não tinha mais volta. A internet pode ser muito útil para diversas coisas, mas ela também é bastante cruel para outras.

Aceno, sem saber mais o que dizer, e ele imita meu gesto antes de dar as costas e voltar para onde seus amigos estão. Ainda tenho muitas coisas para esclarecer, mas é bom ter conseguido tirar mais uma da minha lista.

⫸⫷

Passar a tarde sozinha em casa, sem celular e sem notebook, é um novo tipo de tortura, tenho certeza. Parece que levo uma eternidade para fazer as tarefas do dia. Não tem nada especialmente difícil, mas a cada dois minutos meus olhos se voltam para a janela do quarto e fico observando a rua, perdida em pensamentos. Às vezes me pergunto o que Vinícius está pensando sobre mim, como Joana está depois de tudo o que aconteceu ou se Thiago pode voltar atrás no que disse e compartilhar a foto.

Também penso muito na minha suspensão e no meu castigo, e me pergunto se todos esses dias serão tão torturantes quanto hoje. Imagino que, como não tenho mais nada para fazer além de pensar, a resposta é sim.

Mesmo com todas essas distrações, ainda é absurdamente cedo quando termino as tarefas de biologia e geografia. Não são nem três da tarde e já não tenho o que fazer. Vou para a sala e ligo a Netflix. Procuro por todo o catálogo, mas nada me parece interessante. Então decido ir para a TV a cabo — a maior prova do quanto estou desesperada —, passando pelos diversos canais até desistir em um qualquer sobre noivas escolhendo vestidos horríveis com a ajuda das mães e das madrinhas. Não sei o que me diverte mais: a dublagem terrível ou o fato de que não concordo com nenhuma das escolhas. Depois do que parece mais uma eternidade, checo o relógio de novo: quatro horas. E hoje é só o primeiro dia!

Sinto um formigamento que começa no meu pé e se espalha por toda a perna. Uma vontade de fazer alguma coisa, *qualquer coisa*. Talvez finalmente começar um exercício físico? Eu poderia dar umas voltas na quadra ou procurar algum canal de dança no YouTube para gastar um pouco dessa energia. Mas sei exatamente o que meu corpo está exigindo e não é nenhuma dessas coisas. Tenho é que me resolver com Vinícius. De repente, percebo que *preciso* falar com ele. Preciso me explicar, pedir desculpas e deixar as coisas bem entre nós de novo. Mas como vou fazer isso sem meu celular?

A não ser, é claro, que eu o encontre. Minha mãe não precisa ficar sabendo, precisa?

Sem pensar muito no assunto e sobre quais consequências isso poderia me trazer, começo uma busca pela casa. Primeiro, procuro no escritório que ela e meu pai dividem. Olho em todas as gavetas, mas não parece estar por lá. Depois, vou para o quarto deles. Começo por uma das cômodas, onde encontro coisas que preferiria não ter encontrado, e depois vou para a outra. E, finalmente, lá está meu celular, desligado em um canto.

Pela falta de esforço para escondê-lo, só consigo imaginar que minha mãe ainda tem um pouco de confiança em mim e não pensou que eu poderia fazer isso. O que, é claro, só faz com que eu me sinta ainda mais culpada. Mas não o suficiente para dar para trás.

Nina (16:13):

Oii, Vini

Você já ficou sabendo o que aconteceu hoje?

Nina (16:15):

Eu sei que vc tá bravo, mas eu queria muito falar com vc

Nina (16:18):

Olha, eu não tenho muito tempo pq tô de castigo e peguei o celular escondido

Mas preciso mt mt mt me desculpar

Nina (16:19):

Por favor

Sei que ele está me ignorando, porque aparece na parte de cima do aplicativo que Vinícius está on-line. E talvez eu devesse dar um tempo a ele, mas só Deus sabe quando nos veremos de novo e quando vou ter outra oportunidade de ficar sozinha em casa e roubar o celular — tudo bem, isso até eu sei que vai acontecer novamente amanhã.

Mas a questão é que não estou disposta a esperar. Preciso que ele saiba que estou muito arrependida. Então, tomo uma medida desesperada e mando uma mensagem para Larissa:

Nina (16:22):
Você sabe onde o Vini mora?

Se vou desrespeitar meu castigo, vou fazer isso com estilo.

CAPÍTULO VINTE E SETE

Saio de casa com o celular. Talvez seja uma decisão idiota, já que estou quebrando *duas* regras do meu castigo ao mesmo tempo. Mas tenho medo de me perder sem o GPS e preciso controlar o horário para chegar em casa antes dos meus pais. Até coloquei um alarme para garantir que não vou deixar passar.

Pelo endereço que Larissa me passou — ela achou "fofo demais" que estou indo até a casa dele —, Vini também mora no centro. A exatos treze minutos da minha casa, de acordo com o GPS. Como não quero ir até lá à toa, continuo mandando mensagens na esperança de que ele vá me responder nem que seja para me mandar calar a boca.

Nina (16:25):

É sério, a gente precisa conversar

Nina (16:26):

Eu sei q vc tá bravo, e vc tem toda a razão

Mas eu queria muito mesmo me desculpar

Nina (16:27):

Por favor

Nina (16:30):
Tá, não precisa responder o resto

Só me diz se você tá em casa?

Nina (16:31):
Eu tô no meio do caminho

Tecladista Gostosão (16:31):
Quê?

Você tá vindo aqui?

Nina (16:32):
Sim, chegando em 7 min de acordo com o gps

Ele não responde mais, mas já é o suficiente saber que Vinícius está em casa. Tudo bem que ele não pareceu exatamente animado com a perspectiva de me encontrar, mas o que mais eu poderia esperar depois do que fiz ontem?

Agora que não preciso mais ficar mandando mensagens, me concentro em pensar em como vou pedir desculpas. Preciso me preparar para evitar um novo desastre, tipo o que aconteceu quando o encontrei depois da aula. Mas, se for levar em conta minhas últimas conversas, sei que estou apenas perdendo tempo e que, quando a hora chegar, não vou ter nem ideia do que dizer.

Nina (16:40):
Qual o número do apto dele?

Larissa (16:41):
Sei lá

> Acho que é no terceiro ou quarto andar
>
> Mas não tenho certeza, só fui lá uma vez

Nina (16:41):
> E você não pensou em me dizer isso ANTES?
>
> Eu tô aqui embaixo e não faço ideia de qual interfone apertar!

Bato os pés no chão, impaciente, e olho ao redor. É uma rua qualquer no centro, com vários prédios simples e parecidos. Eu não ficaria surpresa se descobrisse que ela errou o prédio também.

Só tem uma forma de sair dessa situação e é mandando uma mensagem para Vinícius de novo.

Nina (16:43):
> Qual o número do seu apto?

Mas é claro que ele não responde, mesmo estando on-line.

Nina (16:43):
> Eu tô aqui embaixo
>
> Por favor, não me ignora

Mais um minuto se passa sem resposta.

Nina (16:45):
> Eu vou apertar todos os interfones até achar o seu, eu juro

Começo a me desesperar, porque ele realmente não parece disposto a me responder.

Nina (16:46):
Vou dizer que tô procurando pelo Vinícius, o tecladista gostosão

Tecladista Gostosão (16:47):
303

Sou inundada por uma mistura de alívio e satisfação, que logo é substituída por nervosismo.

Toco o interfone com as mãos tremendo e tudo só piora quando ele abre, sem nem perguntar quem é. De repente, percebo que estou indo à casa de Vinícius pela primeira vez. Não apenas isso, estou indo me desculpar por todas as coisas horríveis que fiz para ele e para outras pessoas.

Quando chego, ele já está me esperando no corredor, a porta aberta. Vinícius está vestindo uma camiseta azul-marinho com o desenho de uma nave espacial que tenho *quase* certeza de que é de Star Wars. Mais uma vez, sou pega desprevenida pela sua figura diferente sem o uniforme da escola. Vinícius já é bonito o suficiente com a camiseta branca e a calça bordô, mas quem fica bonito de verdade usando *bordô*?

A visão de hoje — ele parado na porta de braços cruzados e uma expressão impaciente — só perde para o Vinícius de roupa social na festa de quinze anos da Alice. E isso serve apenas para me deixar ainda mais nervosa.

— Oi. — Minha voz sai fraca, quase um sussurro.

Vinícius não me responde, apenas dá um passo para o lado e me deixa entrar. Ando de cabeça baixa, os olhos fixos no chão. Ele fecha a porta atrás de mim e passa ao meu lado, me guiando até a sala de estar.

De todas as casas dos meus novos amigos, a do Vinícius é a mais simples. É um apartamento bonito, com móveis que parecem sob medida e muito bem decorado, mas sem a imponência da casa da Joana e, principalmente, da Kamila. Lembra muito a minha, para ser honesta.

    Ele aponta me indicando para sentar no sofá marrom e confortável, e se senta em uma poltrona de couro — a única coisa realmente feia que vi até agora. Por um momento, a gente apenas se encara, como se estivéssemos esperando que o outro começasse. Mas, como fui eu que fiz a burrada e eu que vim até aqui, decido que é minha obrigação dar o primeiro passo.

    — Vim pedir desculpas — digo, depois de respirar fundo para tomar coragem. — Eu fiz muita coisa errada nesses últimos meses e sei disso, tenho muita coisa pelas quais me desculpar. Principalmente por ter deixado você levar a culpa por algo que não tinha nada a ver com você.

    O único indício de que está me escutando é que ele não tira os olhos dos meus, e sua cabeça se vira apenas um pouco, como se estivesse tentando analisar melhor a situação. Sei que estou a um passo de começar a falar sem parar e me perder ainda mais nas minhas explicações, mas não consigo me conter:

    — Você tinha razão desde o início, eu não devia ter me vingado do Thiago e não devia ter postado aquelas fofocas, tudo saiu do controle tão rápido... — Como ele continua apenas me fitando, sou obrigada a desviar o olhar. Encaro um quadro abstrato que está pendurado em uma das paredes. — Agora eu sei que estava muito errada. Mas, na hora, eu só conseguia pensar em tudo que eu tinha passado por causa de alguém como o Thiago, e eu *realmente* achei que ele merecia. Quer dizer, pra ser bem sincera, eu ainda acho que ele *meio* que merecia, mas eu sei que não é certo fazer bullying com ninguém, independentemente do motivo, e que eu deveria ter tentado resolver de outra forma, mas ninguém parecia...

— Tá bom — ele me interrompe.

Só então percebo que estou até sem ar de tanto falar. Eu me obrigo a respirar fundo e voltar a encarar Vinícius. Seu olhar ainda é duro, mas tenho a impressão de ver um sorriso querendo se formar no canto de seus lábios.

— "Tá bom" quer dizer que você me desculpa?

— Eu nunca concordei com essa página, você sabe disso. — Sua voz soa um pouco mais leve e eu respiro fundo, aliviada. — Mas eu fiquei bravo de verdade quando você me deixou levar a culpa sozinho.

Dessa vez, acho melhor não tentar me justificar. Que diferença faz eu ter entrado em pânico, com medo de ser excluída como aconteceu no Professor Gilberto? Não importa o que eu diga, nada é bom o bastante para explicar o que fiz.

— Desculpa — é tudo que respondo.

— Eu também fiquei chateado por ser suspenso do coral. Era a primeira vez que meu pai vinha me visitar, sabe? Meu irmão também tava vindo... — É a vez dele de desviar os olhos, envergonhado. — Acho que isso foi o que mais me incomodou, porque você não se importou de tirar algo importante de mim desde que você se safasse.

Lembro de tudo que ele falou sobre o relacionamento conturbado com o pai e como os dois não se falam direito desde o divórcio. Sou tão próxima dos meus, mesmo depois do incidente com a foto, que nem consigo imaginar como deve ser difícil para ele lidar com tudo isso.

E eu sabia pelo que ele estava passando. Vinícius me contou, todo animado, que seu pai viria para a apresentação. É mais do que compreensível que ele tenha se chateado quando tirei dele a chance de ver seu pai.

— Desculpa mesmo. — Minha voz é praticamente inaudível. Então pigarreio antes de continuar: — Eu conversei com a irmã hoje de manhã. Contei que você não teve nada a ver, que foi tudo minha culpa.

— Eu sei, a escola já ligou pra cá — ele diz, de um jeito cansado. — Falaram que eu posso voltar pra aula amanhã. Aparentemente, um dia de suspensão é o bastante pela mentira.

— Isso quer dizer que você vai voltar pro coral e pro teatro? — A perspectiva de ter conseguido consertar todos os meus erros me anima, mesmo que a situação toda ainda não seja a ideal.

— Acho que sim. — Vinícius dá de ombros, quase como se não se importasse.

— Eu fui suspensa do teatro, então com certeza vou perder meu papel de Prima Justina, mas vou lá pra te ver tocar... — A tristeza está clara em minha voz.

Mesmo que no começo eu não quisesse fazer as aulas de teatro, as últimas semanas me mostraram o quanto eu sentia falta de tudo aquilo e, principalmente, de fazer parte de um grupo.

É claro que, daqui a uma semana, quando eu puder voltar para o colégio, ainda vou passar os intervalos com eles. Mas é triste saber que não terei mais o compromisso dos ensaios nas terças e quintas e que não vou estar com eles na apresentação de *Dom Casmurro*. Talvez eu ainda possa participar da montagem de *O cortiço* no final do ano.

— O professor Maurício deve estar desesperado — ele comenta, dessa vez com um sorriso de verdade, daqueles que fazem até sua covinha no queixo aparecer.

A visão da covinha me traz um alívio tão grande que não consigo conter um suspiro.

— As coisas entre nós vão ficar bem? — pergunto em um fio de voz, com um medo genuíno da resposta. — Nós podemos voltar a ser amigos?

Não é exatamente essa a pergunta que quero fazer, mas não tenho coragem de perguntar se podemos continuar de onde paramos naquele dia no auditório.

— Acho que sim. — Ele dá de ombros.

Dá para ver que Vini ainda está magoado, mas é de se esperar depois de tudo que causei. Talvez essa semana que vou passar em casa seja boa para nós. Ele vai ter tempo para digerir tudo e eu para pensar no que fiz.

Não tenho mais o que dizer. Já pedi minhas desculpas e já ganhei minha segunda chance. Mas não estou pronta para ir embora, não ainda. Então, falo a primeira coisa que me vem à mente, tentando prolongar ao máximo o tempo com ele.

— Você nunca me contou qual o meu nome no seu celular — falo, lembrando da nossa primeira conversa, séculos atrás, quando descobri que ele tinha salvado o próprio número como "Tecladista Gostosão".

Um sorrisinho minúsculo aparece em seu rosto, iluminando-o de um jeito diferente, como se a lembrança fosse boa para ele também.

— Você não faz nem ideia mesmo?

— Como eu poderia saber? — Dou de ombros. — Só espero que seja alguma coisa com "lindona", para equiparar o "gostosão" no seu.

— Não é. — Ele balança a cabeça, o sorriso crescendo mais e abrindo espaço para a covinha de novo. — Tá como "Garota de Ipanema".

Eu o encaro por um momento, sem entender o motivo. E então outra lembrança me toma: quando o vi pela primeira vez no Santa Cecília, no teste do coral, e ele tocou "Garota de Ipanema" para me tirar do torpor e me impedir de passar vergonha.

Por algum motivo, a lembrança traz lágrimas para os meus olhos. Passei todo esse tempo desconfiada do Vinícius, culpando-o ou esperando o pior dele em toda oportunidade que surgia. E lá estava ele, desde o momento em que me viu pela primeira vez, salvando a minha pele; cuidando de mim.

— Ei, você tá chorando? — Ele pula da poltrona para o lugar ao meu lado no sofá. — Você não gostou? Era só uma brincadeira, eu posso trocar.

— Não, não é isso. — Balanço a cabeça de um lado para o outro.

Mas não consigo explicar. Nem eu mesma entendo por que estou chorando.

Vini aproxima a mão do meu rosto com cuidado, como se querendo ter certeza de que está tudo bem, e então limpa uma lágrima.

Sua mão descansa na base do meu pescoço, o dedão tocando minha bochecha. Fecho os olhos e me deixo levar pela sensação inebriante do seu toque. Um calor se espalha dali até meu coração. Um calor que é reconfortante, mas ao mesmo tempo me deixa desperta para a presença dele.

Quando abro os olhos, Vinícius está me encarando. Mas ele não me fita nos olhos, ele encara minha boca, com um olhar intenso e inflamado que faz meu coração se apertar no peito e disparar ao mesmo tempo. Não consigo me impedir de olhar sua boca também. Seus lábios que parecem tão macios e tão, tão beijáveis.

Sinto meus lábios se abrirem sem que eu tenha nenhum controle sobre eles e meus olhos se fecham. Vinícius solta um suspiro e, com a mão que ainda está no meu pescoço, me puxa para mais perto. Assim que nossos lábios se tocam — tão de leve que nem pode ser considerado um beijo —, meu celular desperta e pulo de susto. Nossas testas se chocam com o movimento brusco e Vinícius leva a mão à sua, soltando um grunhido.

— Eu preciso ir, tô de castigo — explico depressa. Mas tudo que meu cérebro consegue pensar é: *a gente quase se beijou de novo!*

Apesar de me lembrar muito bem do quanto gostei do nosso beijo no auditório e de querer mais do que tudo sentir seus lábios nos meus de novo, não consigo afastar o medo de estragar nossa amizade. Já deixei Vinícius na mão vezes demais. Não posso fazer isso de novo, e não sei se estou pronta para um relacionamento depois de tudo que aconteceu com Brendon. Não tenho certeza de quando estarei pronta para confiar de verdade em um garoto de novo, mesmo que esse garoto seja Vini.

— Tudo bem. — Ele balança a cabeça devagar, como se não estivesse nada bem.

Antes que eu faça algo de que vá me arrepender depois, me levanto. Eu o encaro, sem saber o que dizer. Então ele abre seu sorriso acolhedor de sempre. Aquele que me diz que, não importa o que aconteça, tudo vai dar certo, ele vai estar sempre aqui comigo.

Dessa vez, escolho acreditar *de verdade* em Vini.

CAPÍTULO VINTE E OITO

A semana do castigo combinada com a suspensão é a mais lenta da minha vida. Acordo tarde todos os dias, desço para a sala e faço uma aula de dança do YouTube — sim, eu realmente cheguei ao fundo do poço do ócio — e então vejo algum filme ou série aleatória na Netflix. Como nada me prende por muito tempo, na maioria dos dias acabo zapeando pelos canais da TV a cabo até parar em alguma coisa tão ridícula que não me deixa desviar os olhos. Adquiri um gosto estranho por noivas provando vestidos e por uma mulher que reforma móveis antigos e, na maioria das vezes, faz o completo oposto do que o cliente pediu. E eles ainda têm que fingir que gostaram!

Quando meus pais chegam, vou ajudá-los com a janta. Esse sempre foi um momento dos dois. Eles gostam de cozinhar juntos e sempre consigo ouvi-los rindo, se abraçando e se beijando. Nunca quis me intrometer, mas considero meu castigo para eles! Ninguém mandou me deixar sem nada mais para fazer.

Mas os dois não parecem se importar. Me encaixo tão fácil nessa rotina que, em questão de dias, parece que sempre foi assim: nós três cozinhando juntos e batendo papo sobre coisas aleatórias. Sem fotos, sem perfis de fofoca e sem suspensões do colégio. Meu pai conta sobre o trabalho, minha mãe também, e eu falo um pouco sobre minhas amigas e Vinícius. As coisas quase parecem como antigamente, antes de essa confusão toda começar em Florianópolis.

Depois da janta, minha mãe liga meu notebook só para eu baixar as fotos que Larissa e Joana mandam de seus cadernos para poder copiar no meu. Tenho que fazer isso na sala, para ela garantir que não estou me distraindo na internet — mas é claro que dou uma fugidinha sempre que ela não está olhando. Quando acabo de copiar e de fazer as tarefas, já está na hora de dormir. O que significa que fico até tarde revirando na cama, pensando em tudo que está acontecendo.

Quando a minha suspensão chega ao fim, já estou acostumada com a nova rotina e quase sinto vontade de continuar nela por mais um tempo. Nem que seja apenas para evitar os olhares que com certeza receberei no colégio. Como sempre, é minha mãe quem me leva no meu primeiro dia de volta. Ela parece de bom humor hoje de manhã e, quando para em frente à escola, estende o celular para mim:

— Vou te devolver só porque você pode precisar — ela diz, em um tom firme que não consegue esconder o sorriso no canto dos lábios. — Mas confiança a gente recupera aos poucos, não se esqueça disso.

Ter meu celular de volta nas minhas mãos é ao mesmo tempo um alívio e um fardo. É claro que senti falta de poder conversar com minhas amigas e de perder horas no Instagram ou no TikTok, mas, ao mesmo tempo, ele me lembra de tudo que aconteceu.

— Obrigada — digo, depois de clicar no botão para ligá-lo, já abrindo a porta para sair.

— Filha — ela segura meu braço, a expressão um pouco mais fechada agora —, o que você fez foi muito errado, mas estou orgulhosa por você ter assumido e enfrentado seus erros dessa vez. Isso mostra o quanto você amadureceu nos últimos meses.

"Dessa vez."

Apesar de ela já ter deixado bem claro várias vezes o quanto acha que errei em mandar aquela foto para Brendon, ainda é como levar uma bofetada toda vez que ela fala sobre isso. Porque é como se estivesse tudo nas minhas costas e ele pudesse até ser excluído da equação.

Meu pensamento deve ficar bem claro na minha expressão, porque minha mãe balança a cabeça de um lado para o outro com veemência e segura meu queixo com uma das mãos.

— Não é isso que eu tô dizendo. — Ela abre um sorriso triste, mas não desvia os olhos dos meus. — Você sabe muito bem o que eu acho sobre tudo o que aconteceu com a sua foto. Mas eu tô falando sobre como você se perdeu em si mesma no ano passado. Eu mal reconhecia minha filha. E aqui você tá batendo de frente com todos os problemas que aparecem.

A última coisa que quero é chorar antes da aula começar, mas preciso me esforçar para conter o nó na garganta. Porque ela tem razão. Eu mesma mal consigo reconhecer a Catarina dos últimos meses. Sempre andando de cabeça baixa, com um perfil trancado no Instagram para não ser descoberta pelos colegas antigos e passando todas as tardes e fins de semana em casa, com medo de encontrar qualquer outro adolescente. É claro que ela teve razão para sentir todo esse medo e para precisar de um tempo. Quem não precisaria? Mas é um alívio saber que, agora, em uma situação parecida, consegui agir de forma diferente. Porque, por mais difícil que fosse ver e admitir isso antes, eu sentia muita falta da antiga Catarina.

>>> <<<

Não preciso de nem dez minutos no colégio para saber que a notícia sobre eu ser a verdadeira Santa já se espalhou.

Consigo sentir os olhares sobre mim e ouvir os cochichos ao meu redor. Dessa vez, no entanto, sigo de cabeça erguida. Talvez eu não devesse, não é nada de que eu possa me orgulhar, mas me recuso a permitir que os outros alunos me deixem constrangida, independentemente do motivo.

Como sempre, Larissa já está na sala quando chego, mexendo no celular. Ela só percebe a minha presença quando já estou passando ao seu lado, mas, assim que me vê, se levanta em um pulo e me envolve em um abraço de urso, como se a gente tivesse passado meses sem se ver e não apenas uma semana. Preciso admitir que eu também estava com saudade.

Dentre todas as coisas de que senti falta na escola, com certeza Lari, Joana e Vinícius estavam no topo.

— Eu achei que você não fosse voltar nunca mais — ela diz quando me solta.

— Dramática como sempre. — Devolvo com uma risada, mas então completo um pouco mais baixo, como se fosse um segredo: — Eu também achei.

— Como tão as coisas com seus pais? Muito bravos ainda?

— Um pouco menos, eu acho, até ganhei meu celular de volta. — Levanto o aparelho para mostrar a ela.

— E você já colocou todas as mensagens em dia? — Ela ergue as sobrancelhas, um olhar tão significativo por trás dos óculos que tenho certeza, na mesma hora, de que ela sabe de alguma coisa que eu ainda não sei.

— Não... — respondo em uma voz desconfiada, já me sentando e pegando o celular de dentro da mochila. — Por quê?

— A gente foi na casa da Kamila de novo nesse fim de semana — Larissa conta, com uma risadinha que me deixa com um frio na barriga. — Alguém bebeu um pouquinho mais do que deveria.

Acho que nunca peguei meu celular com tanta rapidez. Algumas mensagens aparecem na central de notificações. Vejo o nome de Gi e várias vezes o de Larissa e Joana, que aparentemente continuaram conversando no grupo como se eu estivesse lá também. Mas o que faz meu coração disparar é o nome que vejo a seguir: Tecladista Gostosão. Não tem tantas mensagens quanto das minhas amigas, mas tem o suficiente para me deixar nervosa e despertar o frio na barriga. A primeira é de quinta-feira passada.

Tecladista Gostosão (18:42):

O Maurício quase surtou no ensaio de hoje

Ele disse que a irmã está querendo sabotar a peça tirando a Prima Justina tão perto da apresentação. Acho que ele preferia que a suspensão tivesse continuado como antes. Mais fácil colocar uma playlist pra substituir o tecladista do que encontrar outra Prima Justina agora.

É claro que fico com dó do professor Maurício. Ele não tem nada a ver com o que aconteceu e vai ter que se virar para que a peça continue. Tenho certeza de que ele vai dar um jeito, mas isso não ajuda a diminuir minha culpa. Mesmo assim, não consigo impedir que meu rosto todo se contorça em um sorriso. Vinícius não disse nada demais, mas é o suficiente para me deixar com a sensação de estar flutuando.

A próxima mensagem é de sexta-feira.

Tecladista Gostosão (17:45):
> Sei que vc tá de castigo e só vai ver essas mensagens depois, mas achei que era melhor te manter atualizada, já que você é tão fofoqueira e não vai querer perder nada. O Renan me contou que vai tentar falar com a Jô de novo

> Pedir pra voltar com ela

> Ele acha que é injusto que os dois tenham que terminar por causa do babaca do Thiago

> Eu concordo, nada do que aquele imundo faz devia definir a vida da Jô

> Depois que acontecer, acho que ela vai te contar, mas tbm achei que você ia querer saber o quanto antes

Tirando a parte em que fui chamada de fofoqueira — que não está necessariamente errada, se eu for completamente sincera —, a mensagem me deixa toda boba. Não apenas feliz porque também estou torcendo para a situação entre Renan e Joana se resolver logo, mas por saber que ele esteve pensando em mim nesse tempo em que estive suspensa. Por que outro motivo ele me mandaria uma mensagem na sexta-feira à tarde, contando fofoca sobre os amigos?

Vinícius esteve pensando em mim. Talvez quase tanto quanto eu nele. Uma energia tão boa sobe pelas minhas pernas que tenho que fazer um esforço sobre-humano para me manter sentada e não sair pulando e cantarolando pela sala.

As próximas mensagens são de sábado à noite.

Tecladista Gostosão (21:12):
> Tá todo mundo indo pra casa da Kamila
>
> Queria que você pudesse ir também

Tecladista Gostosão (23:31):
> Vc pergunto se agte podia volta a ser amiggo
>
> Eu falei q sim
>
> Masa repsota eh nao!!!!
>
> A gent e nao pode
>
> Eu naoquero ser só seu amig
>
> Nunca quis
>
> Voce sabe dissso!

Mesmo que Larissa não tivesse me avisado que ele estava bêbado, as palavras erradas teriam entregado Vinícius.

Se eu achava que antes estava flutuando, com vontade de sair saltitando por aí, era porque ainda não tinha lido essas mensagens. Ele não quer ser só meu amigo. Nunca quis.

É impossível não me lembrar do nosso beijo no auditório, e do nosso *quase* beijo na sua casa. Meu corpo pega fogo quando lembro do jeito como ele me segurou pelo pescoço e sinto um arrepio nesse mesmo lugar ao imaginar como seria sentir novamente a mão de Vinícius ali. O que teria acontecido se não tivéssemos brigado por causa do "Sta. Cecília Sem Filtro"? Será que já estaríamos namorando a essa altura?

A ideia de namorar Vinícius, de ser mais do que apenas sua amiga, deixa meu estômago ainda mais agitado. Ao mesmo tempo que parece a melhor coisa do mundo, também me causa um medo absurdo. Eu não fiquei com mais ninguém depois de Brendon, e a gente viu como essa história terminou.

Ainda assim, não consigo imaginar Vinícius fazendo nada desse tipo. Não consigo imaginar uma história entre nós acabando de qualquer jeito que não seja um final feliz. Tudo bem que eu também não previ tudo o que aconteceu com Brendon, mas com Vinícius é diferente. E se teve alguma coisa que aprendi nesses últimos meses, é que Vini merece um voto de confiança.

E então, chego à última mensagem, de domingo à tarde.

Tecladista Gostosão (15:01):
Tá, eu acabei de ler as msgs de ontem

Eu tava meio bêbado, foi mal

Esquece tudo que eu mandei

Tecladista Gostosão (16:18):
Ou não

Você que sabe

Sim, eu que sei. E não, não vou esquecer nenhuma das palavras dele.

CAPÍTULO VINTE E NOVE

Acho que Vini está fugindo de mim. Acho, não. Tenho certeza. Não consigo encontrá-lo de jeito nenhum durante o intervalo. Se isso já não fosse estranho o bastante, quando o sinal bate para anunciar o fim da manhã, corro para tentar pegá-lo na saída da sua sala como da outra vez, mas ele já está chegando ao portão da escola. E, como tem um monte de alunos entre nós, já não dá mais para alcançá-lo. Nunca o vi sair tão rápido.

Eu até poderia achar que era só pressa se Vini não tivesse se virado para trás e me encarado por apenas um segundo. Sua expressão se fecha no mesmo instante, e ele apressa ainda mais o passo.

Meu primeiro pensamento é que ele ainda pode estar bravo com tudo o que aconteceu. Então abro meu celular para escrever perguntando se está tudo bem, e suas últimas mensagens surgem de novo na tela.

É isso! Vinícius está com vergonha! É aí que decido: se ele não vai tomar a iniciativa, eu tomo por ele.

Apesar de já ter recebido o celular de volta, continuo com algumas partes do castigo, principalmente a de não poder sair. Mas, se não me engano, as palavras exatas da minha mãe foram "de casa para a escola e da escola para casa", então se eu for para a escola depois do horário, teoricamente não estou infringindo meu castigo, certo?

De qualquer forma, deixo um bilhetinho em cima da mesa de jantar, pedindo desculpas e explicando onde estou. Pretendo voltar antes de os meus pais chegarem, mas acho que a briga vai ser menor se eles pelo menos souberem que não fui raptada. Peço um Uber até o Santa Cecília.

Sinto o mesmo nervosismo dos primeiros dias de aula. Uma mistura de medo com empolgação pelas coisas novas que estão por vir. Estou apenas indo até o ensaio de teatro, o mesmo trajeto que fiz diversas vezes nos últimos meses. Ainda assim, meu estômago se contorce como se eu estivesse mudando de escola de novo.

Como pensei nesse plano em cima da hora, chego logo depois que o ensaio começa. Tento entrar despercebida, sem fazer barulho, e ficar apenas assistindo, mas a porta do auditório é velha e pesada, e se arrasta pelo chão, chamando a atenção de todos para mim.

— Olha quem apareceu — o professor Maurício diz.

Seu tom é de brincadeira, mas dá para sentir a mágoa por trás.

Larissa já tinha me contado sobre ele estar mais nervoso que o normal no primeiro ensaio sem a Prima Justina e como pareceu que ele teria um treco a qualquer momento. De acordo com ela, ele sempre fica mais nervoso perto das apresentações, mas, ao que tudo indica, eu o fiz atingir um novo patamar.

No fim, as coisas se ajeitaram. Joana tinha pedido para ficar apenas na produção depois que Thiago mostrou seu vídeo para os amigos, mas o professor a convenceu a assumir o meu lugar. E, se vou perder meu papel para alguém, gosto de saber que será para Joana. Ela será uma ótima Prima Justina.

Meu rosto esquenta enquanto sinto todos os olhares pesando sobre mim. Tenho passado muito por isso desde que voltei às aulas. Às vezes, um ou outro aluno sussurra sobre "a santa" enquanto estou passando, e alguns me olham de cara feia, provavelmente irritados sobre alguma fofoca que publiquei na página. Mas isso não chega nem perto do que passei no meu antigo colégio ou do que imaginei que passaria quando descobrissem, então não dou muita importância.

Com o pessoal do teatro, fico um pouco mais chateada. Sei que alguns deles não gostaram de descobrir que eu era a responsável, e fico triste cada vez que percebo um deles me lançando um olhar enviesado. Mesmo que minha vontade seja dar meia-volta, me obrigo a erguer o queixo e me aproximar do palco.

— Vim me desculpar por toda a confusão — minha voz sai mais baixa e incerta do que eu gostaria —, e assistir ao ensaio.

Talvez dê para perceber no meu tom o quanto estou abalada e chateada com tudo isso, porque o professor Maurício parece se compadecer com a minha situação. Ele assente e aponta para as cadeiras da plateia. Sem querer fazer mais estardalhaço, sento na primeira fileira e me encolho em silêncio, esperando que logo eles se distraiam e esqueçam da minha presença. Aos poucos, eles voltam a conversar entre si. O professor Maurício está em um dos cantos, conversando com Larissa e João sobre algumas falas, enquanto outros alunos ensaiam partes da peça.

Sinto falta de estar lá em cima, envolvida com a apresentação e preocupada em dar o melhor de mim. A quem estou querendo enganar? Se estivesse no palco, estaria fazendo exatamente o que estou fazendo agora: olhando Vinícius pelo canto do olho, torcendo para que ele não perceba.

Ele parou de tocar assim que cheguei e continua com uma postura empertigada demais, olhando fixo para frente. É assim que sei que está tão perturbado com a minha presença quanto estou com a dele. Quero puxá-lo para um canto para conversar, mas sei que não posso fazer isso, então apenas espero.

O ensaio passa devagar demais. Acho que o professor sabe o que estou fazendo aqui e arrasta o ensaio de propósito como vingança, é a única explicação para a lentidão de hoje!

Fico o tempo todo de olho em Vinícius. É a primeira vez que ele parece tão desconcertado em um ensaio, errando notas e se distraindo quando o professor o chama. Ainda assim, quando ele consegue tocar alguma música, é a mesma perfeição de sempre. O mesmo som que parece me embalar até a história de *Dom Casmurro* e me transportar para outro tempo.

É um pouco estranho assistir a tudo de fora, como uma espectadora. No começo, me sinto um pouco excluída, com vontade de estar lá em cima com eles. Mas, conforme o ensaio avança, consigo me colocar no lugar da audiência e passo a apreciar o quanto meu grupo tem potencial. Voltei a fazer teatro apenas porque minha mãe obrigou, jamais imaginei que fosse sentir tanto orgulho ou me apegar como na Encena, mas a verdade é que já me sinto completamente ligada ao grupo. Pelo menos uma vez, os conselhos que minha mãe ouviu das suas youtubers favoritas valeram a pena.

Quando o ensaio enfim acaba, o professor Maurício libera todo mundo e vem direto falar comigo. Assim que o vejo andar em minha direção, entro em pânico. Vou ser obrigada a ficar conversando com ele enquanto Vinícius sai de fininho, que nem hoje de manhã, e vou perder a minha chance!

— Você me deu um susto semana passada — ele fala quando me alcança. — Achei que não ia conseguir tocar a peça sem uma das minhas melhores atrizes.

Apesar do tom de bronca, meu coração se aquece com a última parte.

— Vim pedir desculpas — digo, mas estou prestando atenção na minha visão periférica, em Vinícius, que arruma seus pertences no teclado. — Não queria te deixar na mão.

— Eu sei. — Ele abana uma das mãos, como se não fosse nada demais e não tivesse quase entrado em pânico alguns dias atrás. — Já consegui outra Prima Justina, que é o que realmente importa. Você pode participar da peça de final de ano.

— Obrigada. — Tento esboçar toda minha gratidão em um sorriso, mas é difícil quando não é nele que estou realmente prestando atenção.

Então o professor Maurício dá dois tapinhas no meu ombro e se afasta. Restam quatro pessoas para trás, além de mim e Vinícius. Larissa e Joana estão entre elas, mas basta um olhar em minha direção para começarem a cochichar e passar reto; há sorrisinhos convencidos em seus rostos. As outras duas que vêm atrás também não se demoram e logo somos apenas eu e Vinícius no auditório. Percebo que ele já guardou todos os seus pertences, mas continua para trás, os pés batendo, nervosos, no chão.

Ele ficou para falar comigo.

Eu preferia continuar sentada, esperando que ele tomasse a iniciativa, mas não quero correr o risco de ele escapar de novo. E, como não tenho certeza se ainda terei coragem daqui a cinco minutos, levanto da cadeira em um pulo e me apresso até o teclado.

— Oi — digo, parando na frente dele.

— Oi — Vini responde, no mesmo tom baixo e incerto.

A gente se encara por um momento, sem saber o que dizer.

Agora que somos apenas nós dois, o auditório parece ter duplicado de tamanho. Posso jurar que nossa respiração ecoa ao nosso redor e que o barulho dos alunos correndo no ginásio, logo abaixo, parece muito mais alto do que cinco minutos atrás.

— A gente nunca terminou minha... — começo.

— Você voltou pras... — ele diz ao mesmo tempo.

Nós dois paramos de falar e ficamos em silêncio por um momento antes de cair na risada, aquele riso desconfortável de quem não sabe mais como agir.

Desde quando o clima entre nós é tão estranho?

— A gente nunca terminou minha aula de teclado — completo por fim, me apressando antes que ele possa me interromper de novo ou que eu possa mudar de ideia.

— Não sabia que você tava tão interessada assim. — Ele franze o cenho.

— Não tava, não antes, pelo menos. — Encolho os ombros. Quando ele não diz nada, emendo: — Vai ser bom ter alguma distração agora que não tô mais na peça do meio do ano.

Vinícius apenas assente.

Quero bater nele por deixar tudo nas minhas mãos, mas sei que ele já fez seu movimento, então respiro fundo e decido ir direto ao ponto:

— Vi suas mensagens — solto.

— É, eu tava meio bêbado — ele responde.

Não posso deixar de notar que ele não diz que não deveria tê-las mandado.

— Percebi. — Meus lábios se contorcem em um sorriso.

— Tava até meio difícil de entender o que você disse.

— Mas deu pra entender? — Seu tom é sério e ele me encara com tanta intensidade que meu sorriso se esvai na mesma hora.

— Em linhas gerais, sim — dou um passo em sua direção, sem tirar meus olhos dos dele —, você nunca quis ser *só* meu amigo.

— Nunca — ele confirma em uma voz rouca, levantando do banquinho e dando o último passo para preencher o espaço que nos separa.

Um momento se passa enquanto apenas nos encaramos no auditório vazio e silencioso.

Meus pelinhos se arrepiam quando sinto a mão de Vinícius no meu pescoço. Toco seu rosto com uma das mãos, sentindo a pele quente sob a minha, e fecho os olhos na expectativa do que vai acontecer. Por um instante longo demais, apenas ouço sua respiração e sinto seu toque. Fico nas pontas dos pés, querendo acabar logo com qualquer milímetro entre nós e, finalmente, sinto sua boca na minha.

A sensação doce de seus lábios é ainda melhor do que eu me lembrava. Meu corpo começa a formigar e me aproximo ainda mais, colando todo meu corpo no dele. Vinícius passa a outra mão ao redor da minha cintura e não consigo evitar o suspiro que escapa de meus lábios.

Achei que, depois de tudo que aconteceu, eu jamais poderia me entregar desse jeito novamente, que qualquer relacionamento que eu tivesse seria apenas uma sombra por causa de todas as inseguranças. Mas é impossível não dar tudo de mim a Vinícius. Quando percebo, já estou completamente entregue. E não só nesse beijo; meu coração já é todo dele também.

Não sei quanto tempo se passa, mas, quando Vinícius se afasta de mim, parece que não foi o suficiente.

— É só nisso que eu consigo pensar desde que te vi no teste do coral — ele sussurra, a testa encostando na minha.

Como não posso dizer o mesmo, me permito apenas sorrir com a informação, o coração ainda mais acelerado.

A antiga Catarina talvez tivesse se interessado por Vinícius naquele dia e passado as semanas seguintes apenas pensando nele. Mas a Catarina que veio para o Santa Cecília tinha muitas preocupações e medos na cabeça. Ela jamais teria se permitido se apaixonar por alguém tão rápido, sem saber as suas intenções primeiro.

— É só nisso que consigo pensar agora — digo, puxando-o para mim e colando meus lábios nos seus de novo.

Sei que a nova Catarina carrega muitos aprendizados e que tomou muitas decisões que a antiga Catarina jamais seria capaz. Mas eu também sinto sua falta.

E talvez, com a ajuda de Vinícius e das minhas novas amigas, eu consiga encontrar, aos poucos, os outros pedacinhos perdidos dela.

EPÍLOGO

Estreias são sempre uma experiência única, mas a maioria delas têm duas coisas em comum: muito desespero e coisas dando errado de última hora.

Pela primeira vez, vou participar de uma peça sem estar no palco. Quando minha suspensão das atividades extracurriculares finalmente acabou, faltava pouco mais de um mês para o início das apresentações e não tinha mais como eu ganhar outro papel. Então, como não queria abrir mão da turma de teatro, me ofereci para ajudar o professor Maurício por trás das cortinas. Além de mim, outras duas pessoas também ficaram responsáveis pela parte da produção. Ainda assim, agora que chegou a hora, parece pouca gente.

Estou há quase cinco minutos tentando costurar uma das roupas que rasgou na lateral, enquanto meus outros dois colegas de contrarregragem terminam de rever as marcações e colocar o cenário. Já estou tão perdida que pode ser que falte uma hora ou um minuto para a peça começar, não faço nem ideia. De qualquer jeito, estou à beira do desespero.

— Acho que deu. — Tento parecer firme.

— Não vai abrir, né, Nina? — Júlia me olha com tanta apreensão que só me resta mentir.

— Claro que não! Eu sei o que tô fazendo.

Só que eu não sei, não. Todo meu conhecimento sobre costura vem de quando eu fazia roupas para as minhas Barbies com a minha mãe. Mas o princípio é o mesmo, não é?

Com um último sorriso encorajador, me viro, pronta para a próxima crise.

— A Joana quer desistir de tudo — Joaquim avisa, que também está responsável pela organização hoje, antes mesmo que eu possa procurar algum problema para resolver.

— Onde ela tá? — pergunto, olhando ao redor.

— Tá lá dentro do camarim — ele responde, já me dando as costas e partindo para a próxima crise também.

Respiro fundo, sorrio e vou para "o camarim".

A parte de trás do auditório tem um corredor que leva ao prédio principal, onde ficam algumas salas de aula. Sempre que tem apresentação, a turma do teatro usa a sala mais próxima como camarim. A gente coloca uma cartolina no vidro da porta, para evitar que os garotos fiquem espiando enquanto as pessoas se trocam, e fingimos que a sala é feita para isso.

Como a maior parte dos alunos já está pronta, Joana está sozinha lá dentro.

Ela está sentada em uma das mesas, os pés apoiados na cadeira — a irmã teria um treco se a visse agora — e os olhos fechados.

— Com licença — falo, fechando a porta com cuidado para não a assustar. Ainda assim, Joana se sobressalta e me olha com uma expressão aterrorizada.

Seus olhos estão vermelhos e o rosto um pouco inchado, acabando com qualquer dúvida de que ela estava chorando até agora. Sem dizer nenhuma palavra, apenas me aproximo e a envolvo em um abraço apertado, apoiando o queixo na cabeça dela. Depois de um momento de silêncio, Joana cai no choro. É um choro sem muito escândalo, apenas algumas fungadas e ombros balançando sob meus braços.

— Tá todo mundo querendo me ver passar vergonha — ela diz, com um sopro de voz.

Desde que Thiago mostrou seu vídeo, Joana ficou ainda mais insegura. Ela sempre foi tímida, mas é como se qualquer situação de exposição trouxesse um peso mil vezes maior agora. Eu a entendo melhor do que ninguém.

— Ninguém tá aqui pra isso, Jô — me afasto um pouco dela, forçando-a a olhar para mim —, as pessoas vieram pra te prestigiar! O Renan passou lá na coxia todo orgulhoso, inclusive.

— Não vieram, não. — Ela desvia o olhar e morde o lábio inferior. — Eles só querem rir da garota que foi idiota o suficiente pra mandar um vídeo pro namorado.

— Ninguém mais lembra disso, juro!

— Claro que lembram, esses dias o Caio tava rindo disso com o Kaíque. — Seu tom fica mais amargurado, com um soluço no final.

Ela não tinha me contado isso.

— Jô, escuta aqui. — Aperto a coxa dela, querendo trazer sua atenção para mim de novo. — Os idiotas são eles. Você não fez absolutamente nada de errado!

É quase inacreditável quanta verdade carrego nessas palavras. Por mais que eu tivesse ouvido essa mesma frase diversas vezes de Gisele ou da minha antiga psicóloga, e tivesse eu mesma a repetido como um mantra, acho que elas nunca foram verdadeiras até Joana passar pelo mesmo que eu.

Quando todo mundo ao nosso redor nos culpa por algo, é muito mais difícil de entender que a gente é a vítima. E eu não vou deixar, *jamais*, que Joana se sinta dessa forma.

Ela balança a cabeça para cima e para baixo, devagar, como que tentando absorver essas palavras e acreditar nelas. Eu sei que não é um processo rápido, e vou estar aqui durante todo o caminho para ajudá-la.

Antes que eu possa dizer mais alguma coisa para confortá-la, alguém bate à porta, sobressaltando nós duas.

— Posso entrar? — As palavras de Vinícius passam pela pequena abertura.

— Pode. — Joana se levanta da mesa em um pulo, como se as palavras dele a tivessem acordado.

— O professor Maurício tá desesperado atrás da Jô, pediu pra chamar vocês duas — ele avisa, entrando na sala.

Joana se apressa ainda mais, sem dizer nenhuma palavra. Eu me levanto, pronta para ir atrás dela, mas Vini me para no meio do caminho, me puxando pela mão.

— Ela tá bem? — Ele tem um olhar preocupado, atencioso como sempre.

— Na medida do possível... — Encolho os ombros, sabendo que ele vai entender do que estou falando. — E você?

— Um pouco nervoso. — Ele abre um sorrisinho que faz a sua covinha no queixo aparecer. — É engraçado, porque não costumo ficar assim para as apresentações do coral, mas acho que hoje é diferente.

— É, sim — me aproximo, passando as mãos ao redor da sua cintura e puxando-o para um abraço —, mas você vai ser ótimo como sempre.

— Tomara! — Ele me aperta contra seu peito e descansa a cabeça na minha por um momento. — Meu pai tá na plateia.

Vinícius não tinha certeza se ele viria.

Ele e o irmão vieram para uma apresentação do coral há algumas semanas, quando eu os conheci em um jantar de comemoração que a família dele fez logo depois. Foi uma noite tensa. A primeira vez que Vini e sua mãe encontraram com o pai depois do divórcio e da mudança.

Todo mundo parecia meio desconfortável, sem saber como agir uns com os outros. Até parecia que eu não era a única que estava conhecendo a todos pela primeira vez.

Mas, depois daquela noite, a situação entre eles melhorou um pouco. O pai do Vini liga para ele quase todo dia agora, e os dois conversam por alguns minutos — principalmente sobre teclado, mas já é um começo. Ainda assim, Vini achava que talvez ele desse para trás de última hora e não viesse para a apresentação de hoje. Sei o quanto Vinícius estava contando com a presença dele, por isso fico feliz que tenha vindo.

— Então é bom você não fazer o mesmo que fez no último ensaio — digo, em um tom provocativo.

O professor Maurício ficou louco com Vini durante o último ensaio. A gente tinha feito uma breve visita à fresta entre os prédios em frente ao auditório logo antes e Vini não parava de me lançar olhares significativos, errando uma ou outra nota por causa disso.

— É bom você não me distrair então — ele devolve, em um tom sugestivo.

Sem soltar sua cintura, me afasto um pouco dele. Apenas o suficiente para ficar na ponta dos pés e encontrar seus lábios.

Vini me dá um beijo longo e intenso, traduzindo tudo o que eu precisava ouvir.

⟫⟫⟫ ⟪⟪⟪

Depois de semanas assistindo aos ensaios da primeira fileira, já estou acostumada a ser apenas uma espectadora da peça.

Ainda assim, a experiência de assistir à estreia por trás das cortinas é completamente diferente.

A plateia é composta, principalmente, por pais e alunos. Como está muito escuro, não consigo encontrar os meus, mas sei que eles estão em algum lugar lá no meio. Tenho certeza disso não apenas porque eles me trouxeram até aqui, mas porque sei que não perderiam por nada, mesmo que eu não vá aparecer no palco.

Eu jamais admitiria isso para a minha mãe, mas acho que meu castigo fez bem para nós. Ao contrário do que tinha acontecido em Florianópolis, as noites presa em casa com eles não foram nem de longe uma tortura. Ajudá-los a preparar o jantar acabou virando uma rotina, bem como assistir às séries com eles no fim da noite. Jamais achei que diria isso, mas agora entendo porque eles gostam de ver os episódios mesmo fora de ordem.

Claro que é ótimo ter a liberdade de poder sair com meus amigos quando quiser, mas nada se compara a poder chamar minha mãe de amiga novamente, e saber que, se tiver alguma dúvida ou problema, ela vai falar diretamente comigo em vez de mandar um e-mail para uma youtuber qualquer e esperar que sua dúvida apareça em algum quadro duvidoso.

Espio a plateia, apreciando o burburinho que se espalha quando Vinícius começa a tocar no teclado. Ele está no seu lugar de sempre, lá embaixo, no escuro. Mais uma parte fundamental dessa peça que passa despercebida pelos espectadores, assim como eu.

Não consigo vê-lo direito, mas continuo olhando em sua direção, me deixando levar pela música, lembrando da primeira vez que o vi, naquele mesmo lugar, e me desesperei. E como ele vem me salvando, dia após dia, desde aquele teste do coral.

— Todos prontos? — O professor Maurício aparece atrás de mim.

— Sim — me forço a dizer, o estômago revirando com a expectativa, como se eu estivesse prestes a subir no palco.

— Todos em suas marcações — ele avisa.

Os atores andam em silêncio até o palco.

Como a abertura é um monólogo do *Dom Casmurro*, os outros ficam ao fundo apenas para serem iluminados, de leve, quando forem citados no discurso. Larissa, a estrela da noite, toma seu lugar e acena para mim, abrindo um sorriso enorme. Sem que eu me dê conta de como isso aconteceu, sinto uma lágrima escorrer pela bochecha. A Catarina chorona dando as caras novamente.

Mas, dessa vez, não estou chorando de tristeza ou desespero. Nem achava que isso seria possível. Estou chorando de felicidade. De alegria genuína por estar aqui, nas coxias, assistindo às minhas melhores amigas e meu namorado brilharem.

A Catarina de meses atrás se mudou pronta para começar uma vida nova. Só que ela não achava, não de verdade, que seria capaz de recomeçar depois de tudo que aconteceu. Não achava que poderia reconquistar sua família, fazer novos amigos e juntar todos os pedacinhos de si mesma que tinham se quebrado no último ano. Mas ali está ela, começando um novo capítulo. Um capítulo *melhor*.

Uma segunda lágrima escorre e eu a limpo, acenando de volta para Larissa.

E então as cortinas se abrem.

AGRADECIMENTOS

Ter um livro com edição física é meu sonho há tanto tempo que não consigo lembrar de uma Thais antes dele. Antes de realizá-lo, eu imaginava que ser escritora era um caminho solitário; jamais teria previsto quantas pessoas fariam parte do processo de tornar esse sonho realidade.

Primeiro, gostaria de agradecer a Increasy. Vocês sabem o quanto esperei por este momento. Muito obrigada por terem me ajudado a chegar até aqui e por terem me apoiado em todos esses anos. Agradeço principalmente à Grazi, não só por ter me acompanhado de perto por todo esse tempo, mas por ter me incentivado a investir novamente nas minhas histórias para jovens e por ter me trazido até aqui!

Também gostaria de agradecer à Natália e a toda a equipe da Astral Cultural por terem acreditado em mim e na minha história. Vocês fizeram um trabalho incrível neste livro! Jamais vou poder agradecer o bastante por terem dado forma ao meu sonho.

Meu muito obrigada a todos os meus amigos (vocês sabem quem são!) por aturarem meus surtos e se lembrarem de mim mesmo quando eu sumo ou demoro semanas para responder mensagens. Nem sempre eu sou a melhor amiga do mundo, mas vocês são! Em especial, queria agradecer à Pâm, ao Arthur e ao Victor por terem me ajudado a trazer a melhor versão possível de *E foi assim que tudo mudou* ao mundo. Clara Alves e Lola Salgado, obrigada por fazerem parte de todos os meus livros, por tirarem as minhas dúvidas e por me acalmarem quando quero desistir de tudo, eu devo muito a vocês!

Quero agradecer também aos meus pais. Se hoje estou realizando um sonho, é só porque vocês me deram todo o apoio para acreditar e correr atrás dele. Muito, muito obrigada por serem os melhores pais do mundo! Tudo que eu conquisto tem um pedacinho de vocês dois! Eu amo muito vocês!

Muito obrigada, Cassiano. Meu amor, não existe ninguém no mundo que entende a importância deste momento como você. Obrigada por ter me acompanhado todos esses anos, por ter me dado colo quando precisei chorar e me acalmado quando achei que nunca chegaria aqui. Se não fosse seu apoio e todas as incontáveis vezes em que você disse o quanto estava orgulhoso, eu não teria acreditado tanto em mim mesma. Obrigada por ser sempre a melhor parte de mim! Eu te amo!

E por fim e mais importante, aos meus leitores, meu muito obrigada por terem me trazido até aqui. Seja este seu primeiro livro meu ou o sétimo, você é imprescindível para a minha jornada. Uma escritora não é ninguém sem seus leitores, então obrigada por me permitirem contar minhas histórias. E obrigada principalmente aos Penudes, não canso de dizer que eu jamais teria chegado aqui sem vocês. Obrigada, obrigada, obrigada!

Primeira edição (agosto/2023) · Segunda reimpressão
Papel de miolo Ivory slim 65g
Tipografias Devaganari e Subsciber
Gráfica LIS